Derby de verano

Derby de verano y otras historias
Candelario Celorio

Primera edición: Producciones Sin Sentido Común, 2022

D.R. © 2022, Producciones Sin Sentido Común, S.A. de C.V.
    Pleamares 54
    colonia Las Águilas
    01710, Ciudad de México

Textos © Candelario Celorio
Ilustración de portada © Edna Suzana

ISBN: 978-607-8756-82-7

Impreso en México

La publicación de esta obra fue posible gracias al apoyo
de Daimler México, S.A. de C.V. , Daimler Financial Services
y Freightliner México.

Edición y Publicación de Obra Literaria Nacional realizada
con el Estímulo Fiscal del artículo 190 de la LISR (EFIARTES).

DERBY DE VERANO
Y OTRAS HISTORIAS
Candelario Celorio

NOS
TRA
EDICIONES

*Como sabe un lector normal, sano
y neurótico, uno de los mayores placeres
de la vida es la ensoñación.*

LUKE RHINEHART

FLETERA

El velo translúcido de las partículas que flotaban en la atmósfera apenas opacaba el cielo de la urbe. El viento soplaba con tanta fuerza que más de una persona corría detrás de sus papeles: sólo quienes usaban gafas salvaron a sus ojos de la polvareda. Como el ventarrón se negaba a apaciguarse, el parque se fue quedando sin gente. Entre tanto, ᴄᗢˢ˃ observaba desde un agujero en el basurero de desechos orgánicos, el cual escudriñaba con la esperanza de encontrar un corazón de manzana o una buena cáscara. Ya se había terminado las orillas del pedazo de pizza, que incluso tenía cátsup, y sólo le quedaba para mordisquear un amargo trozo de caña empapado de aguardiente. Era un buen momento para salir del escondite, pues casi todas las personas se cubrían los ojos para protegerse de la polvareda. Enredándolos en su cola, ᴄᗢˢ˃ apiló los cartones y uniceles que estaban en el bote para treparse en ellos. Cuando el monte de desechos fue lo suficientemente grande, saltó corriendo para llegar a los canales de desagüe que le servían de túnel.

Antes de que alcanzara la coladera, cuya tapadera estaba levantada al momento en que brincó del basurero, una bota le cortó el paso. cᴗꞋ⟩ saltó para esquivarla y cambió de rumbo, viéndose alcanzado por una mano que le apretó, sosteniéndole por el lomo para inmovilizar su cabeza. Las uñas de la mano que lo capturó tenían restos de pintura rojinegra. Se hundían entre el pelaje de cᴗꞋ⟩ al tiempo que lo exhibían ante una chica que abrió su mochila. "¡Ya tenemos gato!", dijo ella mientras se apresuraba a cerrar el *zipper*.

Ni las mordidas sobre la tela ni sus gruñidos lograron gran cosa para liberar a cᴗꞋ⟩. Muy por el contrario, el aire fresco que se colaba entre la porosa tela se enrareció de un minuto a otro. Los olores se volvieron cada vez más concentrados, y de repente cᴗꞋ⟩ pudo sentir cómo un número indeterminado de cuerpos se apretaba contra la bolsa en que lo habían metido. Sintió náuseas, pues quien lo cargaba daba brincos y se movía con brusquedad.

Cuando terminaron los brincos, y tras un último tramo de caminata normal, los captores de cᴗꞋ⟩ lo sacaron de su mochila para presentarlo ante una pecera. Los peces emitieron sus observaciones con su danza acuática, zigzagueando entre las burbujas con la irregularidad de los movimientos de una flama. De haber sido mamíferos, lo más seguro es que hubieran emitido un gruñido de profundo desprecio para dejar claras las jerarquías del lugar.

Aquellos humanos metieron a cᴗꞋ⟩ en una jaula con comedor, bebedero y una rueda sobre la cual podía correr. Aquella prisión olía a una bestia tan terrible como inidentificable, a pesar de que el recién llegado se dedicó a inspeccionar algunas cacas un poco más grandes que una semilla.

—Le falta pelo en un costado. Parece sarna. ¿Todavía tienes la tintura que le pusimos a Bugs?

—La tengo en la cajita de chuches. Según yo ya está caduca. Igual y en Face alguien sabe qué pedo.

La chica se inclinó sobre la jaula para fotografiar la piel de su prisionero, quemada por el solvente que algún alma bella dejó a medio tapar y tiró a la basura. El tacto de la yema de sus dedos ardió como una brasa al palpar el cuero, por poco se atoran entre los barrotes aquellas falanges invasoras cuando iban a ser cercenadas por las mandíbulas del prisionero.

Unas tiritas verdes como de pino entraban por las rendijas de la jaula. Carecían de olor propio, como las bolsas del supermercado, y, como éstas, también carecían de sabor, ᴄᴗᶜ⧽ esperó antes de mordisquearlas. Sabía que saldrían tal como se las tragó, pues ya tenía experiencia con los plásticos y había aprendido a evitarlos.

Sus captores dejaron de ponerle atención después de unos minutos. Se fueron a otra habitación y le dejaron el detalle de un plato con frutas mucho más frescas que las que había probado en meses. Esas uvas no eran de plástico, inclusive dejaban pegosteosos los sitios sobre los que las exprimía. Masticó con furia hasta que, agotado, quedó modorro sobre el aserrín, cuyo aroma iba reemplazando con el propio.

Despertó por el chirrido del seguro de la jaula. Lo único que alcanzó a ver fue una mano que lo cogió desprevenido. Se hizo el muerto y se orinó, cerrando los ojos antes de fallar como actor al gritar por el dolor del desinfectante sobre la piel aún sin cicatrizar. Soltó una mordida. Las manos que lo sostenían lo metieron con violencia dentro de la caja, de manera ruidosa, forzando la entrada de su cuerpo a través de la rendija de metal y abandonándolo a su suerte por el resto de la tarde.

Siguió con esa rutina durante el resto de la semana. La rendija sólo se abría, siempre deprisa, para dejarle alimento, sacarlo y llenar de ungüento las partes de su piel que se habían quedado sin pelo.

Por las mañanas, más o menos a la hora en que se evapora el rocío de la madrugada, el sol se colaba por la ventana, bañándolo con sus rayos. Aunque era un animal nocturno, la circunstancia de que la luz solar fuera la única cuyo calor era capaz de notar, siendo que dentro de la habitación había otras tres bolas en el techo resplandeciendo mucho más cerca, lo motivaba a tenderse bajo su luz, con la que proyectaba una sombra fundida con las de la cuadrícula formada por los barrotes y persianas.

En dos ocasiones se le permitió explorar más allá de los contados decímetros que tenía asignados. La primera fue al tercer día de su llegada, cuando, sostenido por las axilas, entró a las dos habitaciones, cocineta, sala-comedor y baño que conformaban el departamento. Junto a la cocineta había otra puerta con grandes vidrios a partir de los cuales se divisaban las ropas colgadas en los techos de la colonia. Esta última no se abrió, a diferencia del resto de puertas, ni nadie se acercó a ella, como ocurría cuando ⊂⊃ˤ˃ se hallaba dentro de la celda. La segunda ocasión nadie lo cargó, se le permitió valerse de sus propias extremidades para conocer aquel cereso. Se abrió su rendija y pudo estirarse para oler los muchos rincones de la sala y de las recámaras que estaban abiertas.

Poco después apareció una figura con botas de montañismo y googles con graduación oftálmica para emitir el aciago canto de la sibila.

—Va mejorando, han hecho un gran trabajo. Pero no pueden quedárselo. Mi deber como profesional —*magister dixit*— es insistir en que lo devuelvan a su hábitat. Por el lugar en el que lo encontraron es probable que haya nacido en la reserva del campus. Ahí pueden dejarlo. Aunque estará más seguro si lo llevan a un cerro en las afueras. Si se queda aquí, cuenta como un espécimen muerto para la especie.

Tan incómodos como contrariados, los captores se vieron uno al otro para acordar con la mirada la postura común de ambos.

—En cuanto haya terminado de sanar lo llevamos al campo. No queremos abandonarlo antes porque se va a infectar y morir.

—No quiero que le pase lo que a Bugs. Les voy a hacer una inspección sorpresa y, si aquí sigue, me lo voy a llevar.

—El que dejó abierta la puerta está vetado desde aquella ocasión. Esta vez no lo vamos a dejar asomarse a la terraza.

—Mmm…

—Cuando se recupere lo devolvemos a los árboles. Muchas gracias.

Aquel agradecimiento era más bien una invitación a que los dejara a solas. La sensación de que no debió acudir en primer lugar fue análoga a la de quienes pidieron su diagnóstico al momento de recibirlo. Lo hace por los animales, no por la gente, se dijo a sí misma mientras pasaba frente a las puertas de los demás departamentos al bajar por las escaleras del edificio al momento de marcharse.

Tras aquella entrevista se le permitió a ๑⌒ˢ⟩ pasear fuera de su celda durante al menos una hora cada tarde. Con el tiempo su piel se recuperó. Ya se alcanzaba a ver un incipiente pelaje cubriendo la rugosidad de las cicatrices.

Dejó de temer a los humanos que lo custodiaban. Aunque deseaba liberarse para recuperar su antigua vida, el constante suministro de comida le permitió dedicar sus energías a la ensoñación, sumergiéndose en el recuerdo del marsupio, así como de la compañía de siete gemelos antes de abrir los ojos y de colgar del pelaje materno en las altas copas de los árboles. Cuando había sido más vulnerable fue cuando menos preocupaciones tuvo. Algo similar sentía con su actual cautiverio, pues a pesar de las frustraciones y la soledad comía mejor que al andar por cuenta propia recorriendo el ensamblaje de concreto, metal, rocas y plantas de la reserva en la que, hasta ahora, había vivido.

La reserva en la que vivía se encontraba al interior de un campus universitario, en la parte sur de la megalópolis, poco después de la última estación del metro. Su perímetro, de algunas hectáreas, era lo suficientemente amplio como para poder pasar días enteros sin encontrarse con otros 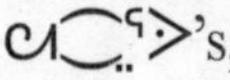's, aunque para cruzar a algunas de sus secciones se corría el riesgo de morir aplastado contra el asfalto. Ese riesgo fue el que lo separó de su familia, detenida por la tanatosis-chiripiorca mientras nuestro protagonista sorteaba los coches, que por poco lo revientan, hasta perderla lejos de su vista y olfato. No era tan chico entonces. Ya se habían curtido sus almohadillas, había aprendido a cazar insectos, a trepar por cuenta propia y a preparar su propia cama enredando hojas con la cola, pero, aun así, al adentrarse en la sección periférica de la reserva y ver que ni sus hermanos ni su madre venían detrás de él, experimentó la amarga certeza de que su pellejo correría la suerte de lo que decidiera a cada instante. Tampoco era que pudiera exigir que alguien lo rescatase. Ya había nacido otra camada detrás de él y no quedaba espacio para colgarse como antes. No era el primero, ni el segundo, ni el tercero, ni el octavo al que los coches separaban de la camada, y le quedó claro que tampoco sería el último.

Llegó a un paraje accidentado y alejado del paso de personas, tan pulcro que no tuvo problemas para proveerse de garrapatas y cochinillas, refrescado por hojas verdes cuyo rocío bebería por la mañana y cubierto por una alfombra de hojas secas con las que además podría elaborar su lecho. Así duro un tiempo, hasta que salió del paraje, probó el azúcar de los dulces de un basurero y se aventuró a acercarse donde se divisaban seres humanos. Les tomó la medida y con el tiempo llegó hasta aquellas enormes construcciones de las que entraba y salía gente durante la mayor parte del día, exceptuando las madrugadas, cuando se acercaba para comer palomitas acarameladas y cucarachas de los contenedores que vaciaría el servicio de recolección al despuntar el alba. ⊄⏝⏒⏑⟫ tomó confianza para invadir cubos metálicos, de los que minaba comidas exóticas, envueltas en materiales que en sí mismos no eran comestibles ni se erosionaban. Entonces fue que aprendió a diferenciar la comida de los envoltorios, al regurgitar uniceles y plásticos tras horas de intentar digerirlos. La variedad de sabores descubiertos no venía exenta de riesgos. Si se acercaba a la gente, ésta se ponía cada vez más nerviosa y repelente, violenta no pocas veces.

Ahora que se encontraba enjaulado era la primera vez que se le recibía dentro de un edificio. Por ir en la mochila se perdió el momento en que cruzó el umbral. Ya dentro sintió pasmo por la marcada irrealidad del interior en contraste con las afueras, que conocía mucho mejor. No podía roer casi nada, ni reconocía los olores que se colaban a través de sus bigotes. Las horas pasaban sin que se diera cuenta, pues sólo durante la mañana podía ver la ubicación del sol a través de la ventana. Su apetito crecía en una proporción inversa a su vigor, ya que sólo subía a la rueda dentro de la jaula para dormir sobre ella, y la sed se convirtió en un recuerdo, dado que ahora contaba con un cilindro siempre lleno y cristalino.

El comportamiento de sus captores lo desconcertó, pues nunca había durado tanto tiempo cerca de un mismo humano. Resultaba imposible interpretar sus gestos para adecuarlos a los estados anímicos que conocía: hambre, sueño, cariño, miedo y enojo. La chica, cuyo nombre adivinó por asociación dado que los demás se referían a ella como Andy, llegaba a pasar horas completas sentada en el suelo para observar a su rehén. Le decía cosas ininteligibles con una sonrisa que dejaba ver sus dientes o lo sacaba para acariciarlo en silencio, con la mirada perdida y el alma en otro sitio. La euforia y la melancolía eran afectos hasta entonces desconocidos para ᑫᑕˤ⟩, así como la desesperación del hombre, Ovidio, que privaba de sueño a todos por caminar en círculos por el comedor, de madrugada, comiendo de manera furtiva y metiendo las sobras entre las rejas de la jaula. El comportamiento de aquellas gentes estaba perpetuamente contrariado; una combinación de estados anímicos, que ᑫᑕˤ⟩ concebía como bien delimitados por haberlos visto, uno a la vez, en el comportamiento de otros seres animales.

Aquella mescolanza de afectos también se hacía patente cuando otros humanos visitaban el departamento. Antes de la visita de aquel aciago ser de gafas que examinó al marsupial e instruyó a la pareja, recogieron la vivienda como no harían antes ni después. Durante la visita, sus cuerpos se tensaron hasta rozar la tanatosis. Al terminar la inspección, cargaron al reo, cual bebé, para deliberar sobre su futuro. Esa visita fue la única que pensó en los intereses del animal por encima de su morbo. Otras dos o tres exigieron ver un *performance* como el que se le exigiría a las botargas que trabajan en Disneylandia. Esas gentes actuaban como si laboraran en el área de recursos humanos de una compañía dedicada a animar quinceañeras en autolavados. Torturaban a aquel ser noctámbulo que ante todo buscaba que lo dejaran en paz, cuyo único consuelo era la comida.

Para cuando llegó el gran día, ᓚᕠᗢ ya se había hecho a la idea de que probablemente se quedaría ahí. Lo jalaron y echaron a la mochila sin darle tiempo para reaccionar. Volvió a ver la luz hasta que lo sacaron sobre un sillón, muy distinto al de la sala, rodeado por placas de plástico y un vidrio a través del cual cambiaban los paisajes. Era como otra jaula, adecuada para humanos, que daba la sensación de estarse moviendo. Levantaron a ᓚᕠᗢ para que viera a través de la ventana entreabierta, por la cual entraba una brisa de aire como la que no había sentido en semanas.

Esa jaula humana parecía ser una de aquellas bestias que recorrían el asfalto sobre cuatro ruedas, que atropellaban y exhalaban humo negro. A través de las ventanas se veía que otros coches trataban a éste como un igual, frenando, cediéndole el paso y moderando sus movimientos para no chocar. De los postes erectos sobre las banquetas colgaban cables hacia arriba y hacia abajo, hipnóticos por balancearse a la velocidad del propio movimiento, apenas opacados por unos pocos árboles que pronto habían quedado atrás.

Conforme avanzaban se despejó el horizonte de concreto y comenzó a divisarse un muro verde oscuro, que se fue engrandeciendo conforme el vehículo se acercaba. El aire se volvía más espeso y húmedo conforme se adentraron en el monte, dejando atrás la urbe, cuyos edificios lucían menos altos desde la distancia y el contraste con los árboles.

El bosque revelaba sus maravillas a quien osara adentrarse en su interior, pero la costumbre de escatimar gasolina orilló a la pareja a buscar una ladera en la que estacionarse, tomando un camino de terracería hasta detenerse en la misma ubicación en la que alguien cortaba troncos para acomodarlos sobre una lona extendida al lado de su camioneta. Ante el ruido de neumáticos acercándose, la reacción de aquella persona consistió en encogerse detrás de su camioneta, tentar la escuadra guardada entre sus calzones y su cinto, y continuar talando después de ver que se trataba de civiles.

—¿Buenas? Oiga, ¿dónde conviene soltar a este cuate, dónde los ha visto o dónde está chido?

Con ᑯᑕᖇᐳ en brazos, Ovidio se acercó a aquel hombre que, por costumbre, recelaba cualquier conversación durante sus jornadas y se llevaba la mano a la espalda cuando se le acercaban mucho.

—Esas madres son plaga. Se comen a las gallinas, se roban la leche materna… Búscale, ¡SHHH! ¡SHHH! ¡GRRR! ¡GRRRR! –Mostraba los dientes para acompañar sus gruñidos–. Es más, trailo pa'cá… ¿Quién los manda? ¿A quién conocen de aquí?

—Muchas gracias, lo queremos con vida –dijo Ovidio, retrocediendo a un paso cada vez más agitado.

—Trai sachingadera pa'cá. No los quiero volver a ver… –El engatillado leñador había comenzado a caminar en dirección del coche, al que huía Ovidio mientras Andy desactivaba el freno de mano.

No se despidieron de aquel sujeto. Con un abrazo, la pareja quiso hacer saber a ᑯᑕᖇᐳ que le habían vuelto a salvar la vida. Condujeron nuevamente por el camino principal por otros veinte minutos, durante los cuales miraron nerviosamente el espejo retrovisor, bromeando sobre la probabilidad de que el leñador los siguiera. Los senderos de tierra que se abrían a ambos lados del camino parecían ser todos iguales. Si se decidieron por uno fue para no seguir gastando gasolina, no porque supieran escogerlo. Si hubieran invitado a la autoritaria bióloga, ella podría guiarlos como hacen los guías de turismo.

Cuando volvieron a estacionarse, se aseguraron de que no hubiera personas cerca, precaviéndose de no entrometerse con otro leñador. Se adentraron en uno de los cerros cercanos, rodeado por un alambrado estirado e irregular, cual elástico reventado.

ↄↅↃ᠂᠌᠍⟩ estiró la nariz para identificar la multitud de aromas mezclados: musgo, madera, rocío, champiñones y heces de otros animales con los que tarde o temprano se encontraría. Su instinto le dictó que era momento de emprender la huida, lo cual hizo en cuanto sus captores lo soltaron a la sombra de un árbol sobre el que trepó. Cuando ya era inalcanzable, la pareja gritó y agitó los brazos para despedirse. ↄↅↃ᠂᠌᠍⟩ los miró desde lo alto de la rama, agradeciendo con un movimiento de cola por la comida y el flete.

Desde la copa del árbol los vio regresar a la carretera.

DERBY DE VERANO

SE ARRASTRÓ DEBAJO DEL ALAMBRE DE PÚAS teniendo cuidado de no desgarrar su camisa, puso una piedra en el agujero que escarbó, y se integró de un brinco al camino a medio pavimentar. Por encima del cerro resonaban los mugidos de las vacas, cual vigías a lo largo de una muralla, que se alertaban sobre aquella presencia invasora. El forastero se sacudió la tierra, sacó unas hojas de limón que traía en el bolsillo y se las frotó apretando las yemas de los dedos para disimular el olor. En el viento se mezclaban el aroma a romero con animal en descomposición, aroma cuanto más chocante y áspero en tanto que una mezcla de tierra y cal se esparcía mediante la brisa.

Después de una curva, aquel intruso se encontró con un hombre que regaba pinos con una manguera acompañado por tres perros de distintos tamaños. Lo saludó como mandan los protocolos no escritos de la cordialidad eremita y el señor, que viéndolo de cerca no tenía labio superior, le preguntó si no vio pasar a unos tipos arreando ganado. El meteco contestó que sí, que los encontró cuando iban subiendo, incluso se bajó del camino por miedo a que uno de los animales se le echara encima, aunque eso último no se lo dijo. Como después de consultarlo de reojo con sus canes, infinitamente más cualificados para discernir a las personas dignas de confianza, aquel hombre le dijo a Ernesto que cerraron el terreno en el que estacionó su camioneta, que se hicieron locos cuando les pidió la llave, y que tenía que esperar a que regresaran al ejido. Su piel, cubierta por un pantalón de mezclilla deslavado y una camisa que otrora fuera blanca, era como un lienzo corroído y cutre en el que confluían amarillos y rojos sanguinolentos sin terminar de mezclarse, como si se tratase de agua con aceite.

Advirtiendo que, dada la confianza que en él había depositado su confesor, debía dar razón de su presencia en aquel sitio, Ernesto hizo saber que subió para hacer ejercicio. Se presentó primero con su nombre, después mediante la casa a la que pertenece: del ciber enfrente del jardín, nieto de Mila, la de la cenaduría, sobrino de Fernando el de las computadoras que está casado con Celia la enfermera. Sintió como si le hiciera falta un patronímico entre su nombre y su apellido. Después de ubicarlo, Guadalupe Mejía soltó la manguera y se presentó. Su mano era áspera y llena de callos a pesar de estar incompleta. Como sus dedos terminaban en la primera falange, el deportista advirtió la facilidad con la que seres indignos de ser humanos le arrebataban las cosas.

—Está bueno eso. Cansarse, para no andar de oquis –dijo don Lupe–. Yo también me iba caminando hasta El Venado, nomás que ya no aguanto, por eso ya mejor planté árboles, también en eso se entretiene uno.

Uno de los perros, un caniche gris con manchas de lodo, se acercó al corredor. Tras la primera caricia el perro dejó atrás la timidez y se apoyó sobre su rodilla. Lo mismo ocurrió en sentido inverso. Normalmente Ernesto siente la urgencia de despedirse para quedarse a solas, pero la pulsión no apareció. El viento sopló con tanta fuerza que una nube de tierra se levantó, cubriéndolos de polvo blanco, como si se tratara de maquillaje.

—Pues sí es más difícil crecerlos que tumbarlos –le contestó Ernesto, tapándose la nariz con la manga y los ojos entrecerrados–. ¿Cómo se llama el perro?

A lo lejos, bajando el camino, comenzó a escucharse el archivo .mp3 con la grabación de las campanas de la iglesia. Desde hace medio año no sube nadie a jalar las cuerdas para dar los avisos, en su lugar instalaron un reloj conectado a varias bocinas que reproducen dos o tres melodías con la estéril monotonía de una tarjeta de felicitación. Entre las tonalidades, marcadamente eléctricas por los anacrónicos megáfonos, comenzó a distinguirse el zumbido, como de avispa, que tienen los motores a la distancia, y apareció una silueta que a cada segundo se volvía un poco más grande y más ruidosa, hasta que terminó por opacar el sonido de la Iglesia de Nuestra Señora de la Soledad. Cuando la fuente de aquel zumbido, una cuatrimoto, pasó al lado de don Lupe, los perros más grandes se lanzaron cual flechas detrás suyo. La conducía un gordo que calzaba unos Toms que combinaban con el amarillo maíz del chaleco de la Empresa de Patrocinadores de la LXI Fiesta Patronal.

—Se llama Chapulín –gritó Lupe tratando de atravesar el muro de ruido. Cuando por fin pudieron escucharse sin gritos, el archivo con las grabaciones de las campanas ya había terminado–. Le cayó bien, los perros distinguen la actitud de uno. Hasta lo protegen, más en estas fechas, mucha gente viene nomás a ver a quién se jode.

Aquellos perros eran la compañía más cercana que aquel sabio había tenido durante la última década. Dormían en el mismo cuarto, caminaban juntos, iluminados por la luna, y compartían alegrías y desilusiones; así durante diez años, tiempo en el que el hombre y los perros habían envejecido juntos. El fleco revuelto y nudoso de la frente del caniche era igual al cabello de su dueño, y los ojos humedecidos, de aspecto tristón, llenos de lagañas, se parecían también a los de Lupe.

El motorizado zumbar, que hace apenas unos momentos los había obligado a gritar, se fue volviendo más tenue y agudo, hasta que se detuvo durante unos segundos, y volvió a subir de volumen, porque la cuatrimoto había dado media vuelta.

—Hay un cabrón al que cachamos robándose la gasolina. Trae las orejas llenas de aretes y unos rayones bien feos en el cuello. Tiene un como payaso sonriendo. A ese siempre que lo ven se le echan encima los chuchos: Una vez sí pateó al Chapulín, pero se le echaron encima los otros dos y a mí ya me andaba amenazando.

Aquella descripción avivó un recuerdo que estaba por archivarse en las trastiendas de la memoria ernestina. Acababa de llegar al rancho con su padre, y aún no se estacionaban cuando este último le advirtió sobre un tipo al que habían visto de madrugada, cargando un tanque de combustible y una manguera. El progenitor maldijo al huachicolero cuando lo alcanzó a divisar recargado en la esquina de la iglesia, a solas con su teléfono.

El ratero llegó en una ocasión a la clínica en donde trabaja Celia, la tía de Ernesto, y comenzó a exigir diazepam. Por suerte llegó el doctor en turno, que por estar rollizo pudo imponerse sobre aquel esqueleto cubierto con pellejo y desesperación. Lo apodaban el Zombi, porque se suponía que ya estaba muerto, aunque ningún difunto podría causar tantas molestias. Su afición favorita era apostar y pelearse, le gustaba meterse con cualquiera y dar navajazos. Cuando Ernesto se enteró de que había diazepam en la clínica visitó a Celia para conocer el edificio y ver si podría robarse algo de medicamento.

Las ventiscas polvorientas obligaban a entrecerrar los ojos. Una partícula cayó en el ojo del visitante, que contestó como jaloneado por las lágrimas que se le salieron.

—No pues siempre hay un pinchi loco, ese vato es el que andaba gritando y aventando botellas encima de su caballo el otro día, ¿no?

—Ese hijo de la chingada…

La cuatrimoto bajó por la carretera. El gordo con Toms comenzó a disminuir la velocidad. Cuando se detuvo preguntó, casi gritando, si alguien sabía dónde encontrar señal para su celular.

—Enfrente del arco –contestó Ernesto.

El gordo agradeció antes de emitir un rugido de gasolina y bajar por el camino.

—¿Y no te gustan los gallos? –dijo Lupe mientras la moto se alejaba. Había agarrado confianza, puesto que pasó de la tercera a la segunda persona del singular–. Esta noche hay derby y ocupo alguien que me cuide las navajas.

—A la orden pa'l desorden y pa' poner orden. Con mucho gusto le cuido las navajas –respondió el joven, llevándose la mano a la sien en saludo militar, sin darse cuenta de que seguía hablándole en tercera persona a su nuevo amigo.

Se citaron una hora antes del anochecer. Se dieron la mano como pudieron y los perros se formaron en hilera para ver alejarse al nuevo amigo de su dueño.

El chico se fue caminando con una ligereza que hasta a él mismo le sorprendió, como si esa noche fuera su iniciación en un culto mistérico tras el cual nadie lo verá más como un forastero y ya desde ese momento lo levantaran por los hombros espíritus desconocidos que le insuflaban vitalidad.

Cuando ya se encontraba en el punto en que coinciden el asfalto de la carretera y el cemento de las calles, la ruidosa cuatrimoto pasó nuevamente a su lado, y el conductor lo invitó a subirse. El forastero entrecerró los ojos con desconfianza durante unos cuantos segundos. Sopesó la invitación y, en vistas de que nadie que traiga Toms puede dañar físicamente a otro, aceptó y se presentó antes de acomodar sus caderas en las redilas traseras. El de la cuatrimoto resultó ser el diseñador gráfico contratado para esta edición de la fiesta patronal. Venía de Monterrey a diseñar los carteles promocionales del novenario y, para que pudiera tomar fotos recientes le prestaron una de las motos del municipio. En vano intercambiaron nombres de conocidos y lugares que frecuentaban. No ubicaron algún mediador ni amistades en común. Ernesto contó que a don Lupe lo habían dejado esperando, ante lo cual el diseñador, Marcos, se ofreció indignado e inflando el pecho a regresar por Lupe e ir a buscar a los que lo habían dejado sin las llaves de su terreno. Aunque le pareció una oferta noble, Ernesto se negó al pensar en el campirano desprecio con el que el anciano escupió, como para ningunear de alguna manera al motriz zumbido que taladraba los oídos. Bajaron hasta el jardín, frente al ciber, y Ernesto se despidió cuando Marcos se acercó a otros jóvenes que ya estaban haciéndose su lugar en la Piedra Huevona, la cual sirve a manera de asiento frente a la tienda principal.

Cuando Ernesto le preguntó a Celia por don Lupe, su tía lo ubicó porque en la descripción de su sobrino confluyeron los perros, las manchas de su ropa y las manos incompletas. Celia dijo que aquel tipo tenía ese aspecto desde que ella tenía memoria, que se quemó a los cuatro años en una carretera del Distrito Federal, cuando una pipa de gas explotó cerca del auto en el que viajaba con su familia, dizque porque, según el niño, iba en la parte de atrás de la minivan, encima del sitio en el que habitualmente va la llanta de repuesto. La pipa de gas, la cual estaba sólo unos cuantos metros detrás del coche, explotó y rompió el vidrio adentrando la flama hasta el interior. La minivan aceleró, tratando de alejarse, pero los demás autos también lo hicieron, rebasándose sin orden hasta que frenaron en una carambola. Con el choque, las articulaciones del joven Lupe quedaron hechas pedazos, retorcidas, y el músculo quedó expuesto debido a las quemaduras. Hasta eso, dijo Celia, Lupe tenía buena salud, pues sólo había ido a la clínica por una gripa y una infección del estómago, siendo que hay muchas más personas con la piel completa y todos los dedos que a su edad se hallaban más demacradas.

Por la tarde, Neto y Lupe concertaron su cita en la esquina del jardín. El veterano yacía recargado en su abollada camioneta, dando la espalda con indiferencia a la piedra en la que inmutablemente se desparraman los borrachos de la tienda. Cuando le dio la mano, Ernesto recordó a uno de sus excompañeros de la secundaria, quien también había perdido algunas de sus falanges como tortillero en la industria familiar: ambos despedían el mismo aura de autosuficiencia y conformidad con la propia finitud de aquellos capaces de domar sus miedos y alegrías.

Las tres jaulas de madera en las que viajaban los pájaros se azotaban al interior de la cabina cada vez que la camioneta fallaba al esquivar los baches, piedras y desniveles del asfalto. El sol se divisaba por encima de la monolítica torre de la iglesia, y si no hubiera sido por la visera, los rayos les hubieran pegado directo en los ojos. Lupe conducía con el codo izquierdo recargado en la ventana. Entre el traquetear se escuchaba el guajoloteo con el que se despedían los animales en los corrales a ambos lados del camino.

—Hace ya como dos años que voy solo. Un rato se me repegó un huerquillo zurrado, como de unos dieciséis, hasta que un día el muy jijo del maíz se robó mis navajas y se las prestó a escondidas a los contras. Y ahora son hasta amigos. El chapulín de a devis no era el perro.

Ernesto maldijo a aquel traidor, interrogándose dentro de su fuero interno si acaso se lo encontrarían al llegar al evento.

—Ahí va a andar el cabrón –dijo Lupe, como leyéndole la mente–, pero nomás le reclamo y se hace el que no oye.

El evento había reunido fastuosas personalidades del municipio. Resaltaban en primerísimo lugar las candidatas a reina de la feria, escoltadas por los miembros de la empresa de aquel año. Entre estos últimos se contaban el dueño de la cantina Elite, la dueña de la carnicería Ambríz, el presidente de la Asociación Ganadera y el administrador del ruedo, que en esa ocasión decidió donar lo de las entradas para la fiesta de coronación que se aproximaba.

Fuera de la entrada, Ernesto se encontró con el diseñador Marcos, que ya había cambiado sus Toms por unos botines, listo para tomar fotos y videos que editar. Mientras chuleaban recíprocamente sus *outfits*, Lupe llamó a Ernesto para señalarle con su muñón al muchacho que lo había traicionado. Aquel ser indigno de ser humano se hallaba formado en un círculo alrededor de una hielera, junto a algunos hombres de botas y chaleco. Mientras Lupe y Ernesto susurraban, la aciaga silueta del Zombi salió detrás del árbol que estaba orinando para reincorporarse al círculo de la hielera. Antes de que los viera, Lupe jaló del brazo a Ernesto y ambos entraron al palenque.

El ruedo era de color rojo, para ocultar la sangre seca. Aunque nunca había contado con otro patrocinio adicional a los dos congeladores de la cantina, las vallas del lugar publicitaban la cerveza Tecate. Tanto en el águila del logotipo como en las letras blancas del nombre resaltaban manchas, ya cafés por oxidadas, de los derbys anteriores. El sitio tenía techo de lámina y las gradas eran de adobe con sillas de plástico de distintos colores. Los contendientes pasaron a registrarse. Al equipo de Lupe le tocó entrar hasta la cuarta pelea.

Comenzó el derby con un ajuste de cuentas entre el rancho Las presas y el equipo de Los rabicanos. Las personas que se encontraban fuera entraron y llenaron las tres filas de asientos en cuanto escucharon el disparo al aire que da por iniciado el evento. La agitación de las plumas se escuchaba por encima de las voces, y cuando los gallos cacareaban lo hacía también el público. Los pájaros saltaron uno sobre otro, y Rambo, el giro amarillo, le aplicó un candado al cuello al búlico Maximiliano. Le reventó un ojo, pero Maximiliano se le echó al cuello y Rambo comenzó a correr. En el segundo round Rambo volvió a clavársele en la fisura del ojo y esta vez inmovilizó a Maximiliano. Los del rancho Las presas brindaron en sus vasos de plástico de colores neón y se los terminaron de un trago. Por su parte, el líder de Los rabicanos regurgitaba sus gargajos mientras levantaba polvo al pisotear el suelo.

Cada pelea duró menos de diez minutos, incluido el tiempo que humanos y aves tardan en envalentonarse para entrar y salir del ruedo. El subidón de adrenalina es tan potente como el del cristal fumado detrás de los baños, en un rincón por el que se filtraba la humedad a través de las grietas de la fosa séptica. Los asistentes se encontraban tan desinhibidos como en otra época lo estuviera el público del coliseo: si el gladiador era el bípedo sin plumas el gallo sí las tiene.

Mientras ayudaba a Lupe a ponerle las navajas a sus pollos, Ernesto pudo ver que uno de los participantes raspaba con su navaja una pastilla morada, para disolverla en el agua que daba de beber a su animal. Rastrera ventaja a falta de veterinarios versados en el antidoping. Como traía una caja de diazepam que se robó de la clínica, se le ocurrió molerlas y echarlas en el agua de sus contras para dejar el piso parejo. Fue al baño, escuchó siete veces hacer *pop* al aluminio, y con sus llaves trituró las tabletas en pedazos cada vez más pequeños, hasta formar unos grumos solubles que echó alternativamente en los bebederos de los animales y los vasos de los teporochos.

Los organizadores de la feria insistieron sin éxito en borrar el video del momento en el que los concursantes se cayeron a la mitad del ruedo y las candidatas convirtieron las ambulancias en sus carrozas. Para esas alturas de la noche ya habían muerto los tres pollos de Lupe, que realmente no eran rivales para el equipo de la carnicería Ambriz, su contrincante en la primera ronda.

Don Lupe obtuvo su desquite robándose las navajas galleras del Zombi durante la confusión, ya que tenía de todas, navajas con tacón, de las cola de rata así como de las rectas, y y tirándole patines a sus rejas. Más tarde, esa misma semana, Marcos le dijo a Ernesto que no habría mota o rirris durante algunos meses, porque el tipo que la bajaba del cerro se había pasoneado. "Se nos murió el necte, carnalito".

AZULEJOS

Si bien ya se habían reemplazado los azulejos que cayeron, todavía no podían usarse como espejo. La tarde anterior los constructores se apresuraron a dar por terminado su contrato, que, como sólo especificaba la labor de colocar las ciento veintisiete piezas, les permitió dejar sin terminar las tareas estéticas concernientes al pulido y alisado de sus juntas, tareas que hubieran ocupado una mañana completa, perfectamente útil para atender asuntos de la vida privada que suelen posponerse la mayor parte de las semana. El pulimento que retirase las manchas de cal, hasta convertir la fachada del edificio en un espejo blanco y reluciente, correspondería al señor Esteban, el velador del edificio e intendente general, cuando la cal hubiera terminado de secarse por completo y la posición de los azulejos no peligrara en caso de ser tallada.

Fue un sismo como ningún otro el que terminó de despegar las piezas de cerámica que, de tantos golpes, se encontraban ya flojas. Los azulejos originales estaban pegados en su sitio desde hace más de treinta años. De momento era incierto si las juntas serían pintadas para darles uniformidad, o si, lo más probable, sería posible distinguir la sección reconstruida a partir del contraste entre un blanco que tendía a lo amarillento y un blanco brillante como electrodoméstico en mueblería. El tono predominante en las partes conservadas era un crema, que variaba en opacidad de acuerdo a los años que llevara pegado en el pasillo, así como a las horas que le pegara el sol. En algún momento hubo un arbusto que protegió de la luz un área de aproximadamente un metro, pero se secó a causa de la orina y el maltrato generalizado que caracterizaba esa sección de la avenida.

Néstor era un empleado más bien mediocre, aunque ninguna de sus fallas era tan evidente como para ameritar una sanción frontal y explícita. Su jefa, Zaida, al ver que el nuevo era inoportuno en todo y que en absoluto veía con desconfianza alguna los alimentos del refrigerador de la oficina, decidió mandarlo a realizar las labores fuera del edificio.

Justo arriba de la oficina de Néstor se encontraba el cuarto de servicio del señor Esteban. Al igual que el interior de las paredes, el techo del cuarto era de asbesto. Néstor y Esteban hablaban más bien a menudo, pues cada vez que el primero bajaba o subía para realizar algún mandado se tomaba el tiempo de quejarse de sus tareas con el intendente, que únicamente se quejaba de los daños que, de manera constante y por causas variadas, sufría la fachada del edificio.

Néstor abrió su computadora con la esperanza de hallar alguna novedad sobre el artículo que envió a algunas revistas de revisión por pares. Tras una ojeada veloz a la bandeja de entrada de su correo electrónico su atención reparó en un mail de noreply@funerariasminerva.com. Era la funeraria de Mario, la misma con la que velaron a su abuelo cuando era niño. Dio clic con cierto nerviosismo, con un vivo interés que no produce el *spam*, y leyó un sentido pésame. Le notificaban sobre la ceremonia de velación de su amiga Paula N., a llevarse a cabo el 15 de septiembre del año 20XX en la sala B de sus instalaciones, en la dirección indicada más abajo. Sería en su ciudad de origen, a tres horas de viaje. Clic. Regresó a la bandeja de entrada, filtró cadenas, abrió algunos correos sobre sus estados de cuenta. De las revistas sólo una dio respuesta, negativa por supuesto.

A pesar de que a lo lejos escuchaban los ecos de los zapatos y las voces, Néstor sentía que el silencio era más profundo que toda soledad. Su amiga Fanny le contó que, durante aquel sismo, a Paula le cayó en la cabeza una viga de madera, roída por las polillas y podrida por la humedad que no se alcanzaba a ver porque el techo estaba cubierto con rectángulos de unicel y aluminio.

Eso explicaba la insistencia con la que Fanny lo había estado llamando. Casi todas las llamadas perdidas lo fueron porque, según palabras de Néstor, no le gustaba hablar por teléfono. Lo que le daba pena, realmente, era que los demás vieran los distintos grados de deferencia con los que era capaz de tratar a cada persona de tan distinta que era su voz al hablarle al micrófono. Volvió a la computadora para adquirir los boletos del viaje redondo el día siguiente a la capital del Estado, con un ahorro del quince por ciento de descuento que oferta el sitio web para sus compras en línea.

Néstor recargó la frente sobre las manchas de la ventana. Del sepia que dominaba el firmamento caían gotas cada vez más gordas. Pocas horas antes no había ni una sola nube, pero se acumularon se acumularon con premura y se dejaron caer sobre los puestos callejeros y las casas. Los cuervos revoloteaban arriba y abajo, alborotando y graznando con insolencia. Por mucho que caminara, las aves no desaparecían, como si la parvada se moviera detrás de él para elucubrar sobre su miseria.

Fuera del cementerio había unos cantereros que tomaban su descanso en el momento en el que la procesión llegó al entierro. Como estaban acostumbrados a ver la carroza seguida de un grupo de personas, no le dieron mayor importancia; estaban riendo con risa perturbadora y no era fácil evitar verlos de reojo. El hombre que desprecia a la muerte no tiene amo.

Fanny sorprendió a Néstor cuando estaba distraído, con la atención fija se le acercó para apartarlo y comunicarle algo en privado. Vestía una gabardina con anteojos negros, que se quitó al momento de saludarlo. Ella le contó sobre la estancia en el hospital de su amiga, así como las visitas que realizó para consolar a la madre. Le pidió a su interlocutor un favor, debido a una amistad común respecto a la cual él era el más cercano de los dos.

Cuando Néstor llegó a la casa de Mario y tocó el timbre, escuchó los ladridos de su labrador, al que conoció cuando todavía podía cargarlo con un solo brazo. Pasó poco más de un minuto para que la puerta de la entrada se abriera y saliera su madre para abrir el portón que daba hacia la banqueta. En la entrada del recibidor había un buró con un gran espejo enmarcado y un perchero en el que se recargaban paraguas de distintos tamaños. Para acceder a la sala con el impoluto juego de muebles organizado en torno a la televisión se bajaba por un par de escalones que la colocaban por debajo del nivel del resto de la casa.

—Ya le dije a Mario que estás aquí. Salió a la escuela para llevarle pastura a los caballos –dijo Edith, antes de servirle un vaso de agua y volver al despacho en el negocio familiar.

Aquella familia se dedicaba a vender artículos funerarios. Ahí donde, en su momento, se compró el ataúd para el abuelo de Néstor, y años más tarde para su abuela. A pesar de que los enterraron por separado, una tumba al lado de la otra, a Néstor le gustaba imaginarse ambos cuerpos abrazados en un solo sepulcro. La funeraria Minerva ofrecía paquetes prepagados y a crédito. Varias veces se encontró con Mario en el mercado de los domingos, este último caminando hacia ciertos puestos a recoger el pago semanal o mensual por parte de los familiares de algún cliente suyo, algo así como el hijo emisario de FAMSA y la Parca.

La escuela, cuyo nombre completo era Escuela de Atención Especial VII Genaro Borrego, era un centro de educación especial para niños con discapacidad motriz, en el que don Mario mantenía a sus dos caballos para realizar hipoterapia. Los alimentaba con pastura, les recogían la caca tres veces por semana y de vez en cuando subía niños para que dieran vueltas dentro de las instalaciones.

Aquellos caballos no se acercarían a ningún jinete, por vanidad y por no estar habituado a tolerar gestos bruscos. Con tranquilidad equina, se daban el lujo de escoger entre los manojos de cardos frescos que crecían a su alrededor, doblando las patas y asentándose en su pecho para comerlos.

—¿Escuchaste sobre la rifa de Estefanía? Venía a pedirte una prórroga con lo del pago…

Mario era un muchacho incapaz de mentir, un amigo de verdad, como no hay ningún otro… En ningún momento nadie lo hubiera visto jamás transgrediendo la verdad de obra o de palabra o comportándose con gran disimulo o muy fanfarrón. Inclusive, cuando el Sábado de Gloria le reclamó a Néstor por besarse con su novia, lo hizo en tono de absolución, como quien tiene suficiente autoridad como para conceder la gracia. Mario puso una cerveza nueva en la mano de Néstor, conversaron un rato sin volver a mencionar el nombre de la chica, le sirvió otro trago, y de nueva cuenta se consoló. Alababa a la totalidad de las mujeres y paisanos, bebía a su salud, estaba lleno de esperanzas amorosas.

—Por eso no te preocupes. Pasa muy a menudo, no hay prisa. Dile a Fanny que podemos esperarlos unos seis meses… Después… Al rato que nos juntemos para ver el partido se lo comento a mi papá.

Aquella noche en la capital jugaban los Mineros, el equipo favorito de Mario, con quienes llegó a jugar en la liga juvenil entre los quince y los dieciocho años. Fueron un esguince y la terriblemente desgastante carrera de medicina las que lo disuadieron de volver, aunque su forma de jugar era promisoria. A pesar de todo, no siempre asistía presencialmente a los partidos estelares, pues lo perturbaba la cantidad de tiempo y paciencia requerida para estacionar un coche en el estacionamiento del estadio Genaro Borrego. Al tomar el autobús de regreso a la capital del estado, Néstor pensó con preocupación en el señor Esteban, a quien escuchaba quejarse durante horas por los desvelos que le provocaban las pandillas de borrachos que desfilaban arrojando cosas hacia las ventanas.

Y, efectivamente, sus miedos no eran vanos. A varios cientos de kilómetros, mientras cumplía con su trabajo de velador, aquella noche Esteban se dislocó el brazo, al apurarse para bajar y mirar con sus propios ojos a los aficionados que pateaban un balón contra la pared del edificio, la cual orinaban cobijados bajo el sombrío parpadeo del alumbrado público. Su vitalidad rebozaba de insolencia. Uno de ellos sacó de la mochila una lata de pintura para dejar el *tag* de su equipo de frontón.

A la mañana siguiente, cuando el desvelado Néstor se preparaba para darle una mirada rápida a su aspecto, encontró los azulejos opacados por el deforme escudo del frontón club Atlético Ramero. Olvidando sus preocupaciones de la noche anterior, como si nunca hubieran pasado por su mente, se molestó sobremanera al resbalarse con algo amarillo, por lo que decidió subir a la azotea para saludar al intendente sin saludar a Zaida, cuyo tecleo se dejaba oír en cada uno de los escalones.

La hibris que le hizo subir quedó neutralizada al ver la manera en que Esteban convirtió unas medias viejas en una venda para sostenerse el hombro. El señor se volteó lentamente, pues estaba acurrucado en su cama. De su pared colgaba un calendario del año 1973 con imágenes de chivos, que conservaba como recuerdo de su primer empleo. Con voz trémula, le pidió a Néstor que fuera por unos adviles y una cocacola, antes de disculparse por no avisar que faltaría al trabajo aquel día.

De camino al autoservicio de la esquina, Néstor llamó a Mario pues le pasó por la mente apartar uno de los paquetes prepagados.

RISORGIMENTO

La taza del baño vomitaba agua con mierda. Ya había manchado la cerámica de las paredes y, a menos que alguien cortara el flujo de la tubería, pronto comenzaría a caer por las escaleras. Le dije a John que corriera al techo a cerrar la llave de nuestro local, mientras intentaba desatornillar la tapa de la coladera para poder bajar con Pietro a explicarle lo ocurrido.

Pietro no estaba. Recién había salido a la Confirmación de uno de sus sobrinos en la St. Patrick's Church. Dejó a cargo a otro sobrino, Giovanni, con la indicación de que no lo llamásemos por ningún motivo hasta pasado el atardecer. Tomé un trapo para bloquear el flujo del agua, que ya empezaba a escurrirse por debajo de la puerta del baño, puse el letrero de *wet floor* al pie de las escaleras, esperando que la coladera cumpliera su función, y cuando John regresó lo dejé abrir la puerta. De ella salió un pequeño tsunami café que humedeció mis adidas, los jordans de John y los mocasines de Giovanni, el cual se dispersó cuesta abajo hasta esparcirse entre las mesas.

Las caras de los comensales, primero de incredulidad y después de profundo asco, desaparecieron antes de que ser alcanzadas por la humedad. Los más considerados dejaron un billete en su respectiva mesa, aunque la mayoría se fue sin pagar. Los integrantes del *staff* del Rímini's nos quedamos a solas con el retrete, que todavía no terminaba de regurgitar el agua de las tuberías.

Pietro no tuvo tiempo de reprendernos ni de ensañarse con nadie. Alguno de los comensales llamó al inspector de salubridad en cuanto se alejó del edificio, dio la casualidad de que el inspector se hallaba cerca, y el restaurante quedó clausurado esa misma tarde, antes de que el chivo expiatorio fuera designado. Luego me enteré de que las sarrosas tuberías estaban diseñadas para servir a los departamentos que solían ocupar la planta baja y el primer piso, más o menos para cinco personas que fueran de tres a cinco veces al baño cada día, y de que algún genio se limpió con una camiseta que tapó el flujo de agua. Por la clausura dejé de ver a diario los cuadros de Provenza que Pietro coleccionaba y pasé a ver los pintados por mi abuela, pues decidí volver a Jerez, en el estado de Zacatecas. Tras el pago de tres días en el hospital a causa de una gripa china apenas podía permitirme un par de meses más de renta, y como no podría volver al Rímini's hasta que rediseñaran e instalaran la tubería, dejé todas mis cosas en el departamento de John, quien se ofreció a comprar unas y resguardar otras, y me dirigí al aeropuerto.

John era un año más joven que yo. Era un güero *runaway* que llegó a la ciudad para estudiar; rentaba a un par de calles del barrio en el que se encontraba el restaurante, no muy lejos del transporte público, pero no trabajaba para mantenerse sino como anticipando la aplastante caída de los préstamos estudiantiles sobre sus hombros, los cuales para estas alturas ya excedían la totalidad de los ahorros combinados de los tres empleados del restaurante. Era el único empleado en el Rímini's que no contestaba los insultos de los grafitis del baño. Hasta Giovanni respondía en italiano, con un plumón dorado a base de agua comprado para tal propósito, a las referencias a películas como las de los Soprano: "*Hai già visto la videocamera che ho messo nel gabinetto*", mientras yo dibujaba globos de diálogo saliendo de la boca de muñecos que se asemejaban a los comensales que habían devenido comentaristas del retrete. "*Beaners go home*", estilografiado por aquella fauna autóctona del Walmart, los *rallys* republicanos y la WWE. Un gordo en chanclas creyendo que sin migrantes seguirían existiendo las vacantes en las que no consigue empleo; "∀C∀B", dicho por un anarquista corporativo dispuesto a hacerse justicia mediante un bate de beisbol con clavos porque la NRA le rescindió el permiso para portar armas.

John no dejaba rayones, pues no había definido un objetivo sobre el que dejar caer su resentimiento. Tampoco se sentía aludido por los esporádicos insultos a la gente güera, que también podían dirigirse a Pietro o a Giovanni por la melanina que se cargaban, y era el primero en quejarse por el doble esfuerzo de borrar lo dicho por el *staff* y los comensales. Desde luego, nuestro trabajo era mantener impecables los lienzos de la diarrea mental del Rímini's, pero como Pietro tenía su propio retrete en su despacho al fondo de la cocina, podíamos posponer el borrado hasta las horas muertas.

Llegué al aeropuerto de Calera a las cuatro de la mañana, tras una escala en Mazatlán. Un amigo quedó de venir a recogerme en su coche, pero lo desperté al llamar para avisarle que ya había llegado. A mi padre le dije que vendrían por mí para que pudiera dormir, cosa que probablemente no hizo, y conociéndolo ya hubiera llegado. Apenas tuve ese pensamiento, mi teléfono vibró por un mensaje suyo, en el que preguntó por dónde iba. "Recién llegué al aeropuerto, ya viene Mike por mí", contesté desde mi Huawei.

Los demás pasajeros, tanto del avión que llegó de Illinois a Mazatlán como de Mazatlán a Zacatecas, eran paisanos míos, cuyo español mezclaba una gramática y términos gringos los respectivos acentos locales de sus ciudades de procedencia. Su vestimenta contaba por igual con prendas compradas en el *mall* y en el mercado: jóvenes con botines y *snapback*, ancianos con jordans y sombrero, una chola con gabán de los raiders y una señora en pants deportivos que luchaba por su pavo con los hambrientos agentes de salubridad. También bajó de la aeronave un grupo de turistas güeros, asiáticos y morenos, todos uniformados con idénticas camisetas naranjas para no perderse, escribiendo en sus celulares o revisando las tiendas de regalos, mientras los mayores hablaban con los taxistas de mejor aspecto para ir en caravana a la ciudad.

Cuando Mike llegó, el sol ya había salido. Comenzaba a evaporar el rocío acumulado y habían aterrizado y despegado por lo menos cuatro vuelos más. Conducía un Tiida del 2004 con la pintura resquebrajada, compacto al punto en que mi maleta ocupó la totalidad del asiento trasero y mi mochila la cajuela. La suspensión se encontraba tan desgastada como la cuarteada pintura, por lo que los baches sacudieron el coche con tanta violencia que se derramó el café que compró a las afueras del edificio antes de ingresar para recogerme. Desde la ventana del auto se divisaba una prístina neblina, alzada en el semidesértico paisaje en el que pastaban becerros y ovejas, cuidados por el conductor de un tractor marrón. A la orilla de la carretera los pinillos y espinos eran más febriles, pues compartían la tierra con eucaliptos plantados durante un programa de reforestación lleno de buenas intenciones, cuyas hojas y semillas desplazaban a las demás especies por el cineol que desprendían al descomponerse. El camino consistía en una delgada plancha de asfalto, partida en su centro por un camellón con palmeras secas y apenas interrumpida por una glorieta alusiva a aquel gobernador bajo cuyo mando se terminó la construcción el aeropuerto, hace más de treinta y cinco años, en la cual no era infrecuente que sucedieran colisiones frontales.

Mike preguntó sobre el viaje y mi estancia, que había durado ya año y medio. A falta de una mejor respuesta, contesté una versión más del guión que contenía aquella explicación que desde joven había escuchado por parte de otros paisanos: que aunque ganas dólares no rinden por el costo de la renta, el gas, la luz, el agua y el seguro de vida, que la policía es culera y por cualquier razón saca el taser, que extrañas a las personas con las que creciste, que llega el punto en el que te hartas de las versiones jumbo de la comida de franquicia por la que viajaste durante horas cuando aquí se abrió la primera sucursal, y que tus compatriotas, si bien te ofrecen un anclaje, también son xenófobos con los mexicanos de regiones distintas a las suyas, las cuales son como países distintos.

El condado en el que vivía, le conté, estaba más lleno de zacatecanos que la totalidad de rancherías reunidas, y los niveles de crimen eran más o menos los mismos. Al Capone se había refugiado ahí, en Cicero, por lo que se trataba a los italianos y a los mexicanos con la misma deferencia. La mayor diferencia era que allá cualquiera porta armas, sin la mediación del mercado negro con sus mismos fabricantes, por lo que un porcentaje superior al dos por ciento de los casos se resolvía gracias al trabajo de archivo forense. Algo tendría que ver la circunstancia de que las prisiones sean industrias con ánimo de lucro, nada interesadas en bajar de rango a la nación con mayor número de internos en el planeta: dos millones doscientos mil son más personas de las que habitan Belice o Islandia. Una madrugada, la semana antes de regresar, escuché martillazos en el segundo piso de mi edificio, y tras veinte minutos las luces rojiazules invadieron las ventanas. En México tardaban de tres a ∞ horas. No pregunté a nadie sobre lo ocurrido, y tampoco me informó nadie, pero el apartamento 2-F, en el que sólo vivía un takuache con su esposa, quedó clausurado. De ello me enteré tres días después, porque se descompuso el ascensor y porque la camioneta que ponía corridos al llegar de madrugada dejó de robarme el sueño. Mike, por su parte, contó que el mes pasado habían sido los *baby shower* que organizaron algunos conocidos nuestros, que los bares del centro habían expandido el alcance de sus mesitas hasta el punto de lograr la remoción de las bancas del jardín, que secuestraron a la mamá de su mejor amigo durante una semana, y que quería sacar un préstamo para poner un acuario. Nada fuera de lo común. A través del vidrio de la ventana observaba el amarillo de la yerba junto a la carretera, e interrumpí el silencio que se había asentado al presionar el botón de la ventanilla eléctrica.

Cuando llegamos a la cabecera municipal de Jerez, me sorprendí de que la administración hubiera reemplazado el asfalto por un empedrado más o menos regular, que aún hacía vibrar el Tiida, pero no tanto como el empedrado de la zona demarcada como centro histórico. El horizonte se veía atravesado por los postes de electricidad, logotipos de empresas y vallas publicitarias. Recordé las pinturas que Pietro colgaba en su restaurante, como si no fuera su Provenza sino Jerez lo que retrataban, y me pregunté si el Coliseo algún día tendría un Oxxo.

Al llegar a casa no encontré a nadie. Mi padre dejó un mensaje de whatsapp avisando que estaba en la misa previa al entierro de un conocido suyo. Antes aún de dejar mis cosas en el suelo pasé al patio trasero para cortar dos peras, y todavía no había soltado mis atavíos cuando me quedé dormido masticándolas en el comedor. De la pared de la cocina colgaba el autorretrato de mi abuela materna, así como el álbum de vinil enmarcado del Tamborazo Juanchorrey, en el que tocó mi abuelo paterno. Sobre ambos guardaba más relatos que historias, pues murieron cuando era niño, pero me sentía libre para imaginar los días en que se consagraron a sus artes.

Desperté cuando ya había oscurecido, pues a esa hora llegó mi papá para reseñar el velorio y la vida del difunto, pasando lista por los apodos de los asistentes y sus anécdotas, las cuales me esforcé por reconstruir por culpa de mi modorra. El difunto, al parecer, revendía historietas de Kalimán: el Hombre increíble, antes de que se abarataran las televisiones. Como mi padre comenzó a hablar sobre Kalimán, como para sí mismo, busqué sus episodios para descargar y saturé su wifi hasta que se quejó por su lentitud.

Aquella noche también vi un reportaje en el que aparecía el grupo de turistas que llegó en mi vuelo. Fue transmitido en La voz de Jerez, el canal local de televisión por cable, cuyo contenido se subía también a su página de Facebook. En la esquina oeste del extremo sur del jardín, apenas distinguibles por la luz sepia de lo dramáticos faroles, se agrupaban las camisetas naranjas de los turistas que llegaron en mi avión. El burro de Carlitos Ocho, el señor de las callejoneadas, estaba con ellos y de sus costados colgaban jarrones de barro llenos de agua de limón con pepino y licor de caña. El reportero de La voz de Jerez, seguido por un camarógrafo que sostenía un estabilizador con su cámara, se acercó a los extranjeros para entrevistarlos, pero casi ninguno hablaba español. La única que lo hacía recién había salido al baño, y el señor del burro ya había sido entrevistado en el pasado, por lo que le cedieron el micrófono al marido de la ausente, el cual, aunque llevaba veinte años viviendo con ella, prefirió contestar en inglés. El reportero aceptó, abrigando la secreta esperanza de que su mujer no tardara tanto como para que se agotaran los dos a cinco minutos que esperaba que durase la entrevista.

—*We're reporting here from The Voice of Jerez, greetings to all our American public here.* Reportando aquí desde La voz de Jerez, aquí un visitante de los Estados Unidos. Díganos, cuál es su nombre y qué los trae por aquí. ¿Viene como turista? ¿Está visitando a su familia? *Please tell us, what brings you here to the beautiful town of Jerez?*

—*Chad here reporting. We aren't from the U.S. actually; most of us live in Canada. My wife, Antonia, is from Spain, but what made us come here was the fact that her granduncle, Eleasar, got killed in the Guerra Cristera. He was restoring some Hacienda… my wife knows better. Right now, we're Celebrating Ambhom's birthday with some tequila. Cheers!* –Acto seguido se aparta para dejar que el camarógrafo capture el momento en que descuelgan la vasija del burro y la turista de rasgos asiáticos vacía sus últimas gotas sobre su boca abierta.

—Bueno, como ven aquí, me comunican que se trata de un grupo de turistas, vienen de Canadá… a lo que me dicen el familiar de una de ellos participó en la Guerra Cristera. *They are a group of Canadian Tourists visiting a wife's grandfather, who fought in the Christ Wars.* Por lo que me comentan es el cumpleaños de su compañera de viaje, que se vino a celebrar. *But right now, they are celebrating their company's birthday.* ¡Fooondo! ¡Foondo! Ánimo, señores, que esta noche apenas empieza. Aquí seguimos reportando desde La voz de Jerez. —El camarógrafo giró para enfocar la presidencia y el jardín antes de cortar la toma.

La entrevista quedó archivada en la página de Facebook de aquel medio periodístico. Antonia, la esposa del entrevistado, que no había aparecido a tiempo para exponer los motivos de su visita, tenía una historia más interesante que buena parte de las cientos de familias que cada tercera vacación regresaban de Gringolandia con sus hijos en la *teenage*, empleando para ello el dinero que éstos hubieran preferido que se gastara en un *gadget* y abrigando la secreta esperanza de que visitar México les inculcara la humildad y sentido ruralista del trabajo en el que se criaron antes de emigrar. Busqué el video, pero los sitios carecían de registros sobre el tal tío abuelo asesinado en la Hacienda de Ciénega. Uno de ellos se excusaba con que los documentos desaparecieron por el vandalismo posterior a su desocupación como cuartel durante las *Christ Wars*. Tampoco había mucha información sobre la historia del edificio, junto al que pasé tantas veces sin preguntarme seriamente por sus usos pasados y presentes. La única información avalada por los sitios que encontré fue que la construcción de sus muros, de poco más de un kilómetro cuadrado, empezó en 1772, y que la iglesia comenzó a construirse en 1820. Eso era más tiempo del que contaba la nación… Encontré también registros sobre una placa ya resquebrajada, que daba constancia de que ahí había sido plantado un árbol descendiente de un árbol descendiente del ahuehuete en el que según lloró Hernán Cortez al ver trabado su intento de vengar a los tlaxcaltecas del autoinmune imperio azteca.

Al día siguiente coincidí con los turistas mientras regresaba de llevar mi bici a que le apretaran los rayos en un taller situado al oeste de la Alameda. En esta ocasión el grupo de turistas vestía con sus ropas habituales, camisetas polo y hawaianas con jeans y bermudas, mocasines y Toms. Supongo que habían superado el miedo a perderse de vista, así como a comer salsa, porque los veía sentados en el tronco partido por la mitad del puesto de tostadas de la esquina sureste, hacía la que me dirigía caminando. Pensé que sería grosero llegar saludándolos como si fueran celebridades o como si nos hubiéramos conocido antes de la noche cuando los había visto en los reportajes locales o cuando compartimos avión. Cabía también la posibilidad de que me reconocieran como uno de los pasajeros que hizo escala en Aguascalientes, aunque eso último era improbable puesto que ni hablamos ni había nada en mi apariencia que me hiciera resaltar. Opté por comer en el puesto que tenían rodeado, saludando con un *nice evening* antes de pedir un duro de cuero de cerdo y una tostada con salsa de la que no pica.

—*Where you from?* —pregunté sin dejar de masticar.

—*We're coming from Canada. I'm Chad, nice to meet you* —contestó el que había sido entrevistado.

—*I'm from Thailand* —dijo Ambhom, cuyo nombre recordaba de cuando el reportero de la transmisión pidió a los turistas presentarse.

—*I was raised in Illinois* —respondió el moreno.

—Venimos de Canadá. Estamos conociendo la ciudad en la que falleció mi tío abuelo —contestó Antonia, que se tomó el tiempo para terminar de masticar y limpiarse las puntas de los dedos con una servilleta–. ¿Sabe dónde se encuentra el archivo municipal?

Dudé durante algunos segundos antes de responder que se llega por el callejón que se abre frente a la primera de las dos parroquias, la rosa. Mi memoria fue la que reconstruyó las instrucciones para el trayecto, pues la manera en que me ubico es netamente pragmática, sólo conozco el nombre de tres calles en donde quiera que viva; más bien echo mano de los puntos de referencia, como estatuas o puentes peatonales.

—Tenemos planeado viajar *early bird* hacia Zacatecas *capital city* para consultar los archivos. ¿Es difícil llegar a Lomas del Calvario?

Mi incapacidad para dar direcciones en aquella ciudad me rebasó. Nunca en mi vida me había preocupado por visitar el archivo local o el de la ciudad, pero ante el interés de aquellas gentes por conocerlos me sentí contagiado por el deseo de asistir. Las historias de los rucos no agotan el pasado. Tras el silencio que sucedió al sonido de mis dientes masticando, pagué mi tostada y me fui, avergonzado por tener que acudir a los datos del internet en mi teléfono, como podía hacer cualquiera de ellos, para indicarles cómo llegar al archivo.

Aquel encuentro se proyectó en el trasfondo de mi mente cuando por primera vez visité la guarida de los cronistas, como para curarme la llaga abierta por la vergüenza de no saber ubicar ni el edificio. Aquellas madrigueras de letrosos son el mejor lugar para desenterrar lo que antaño presenció este pedazo de tierra. Lo confirmaron unas roídas páginas de papel, frente a las cuales la que contaba Wikipedia parecía sacado de Twitter. Hasta modifiqué mi postura poniendo la espalda recta al momento de exponer, ante dos compillas de los que se entusiasman cuando les faroleo (Mike y su primito que compra libros en el puesto de la feria), lo que aprendí tras un par de semanas en el archivo. Los nombres de las calles, que hasta entonces se me resbalaban como un puerco encebado, comenzaron a tener sentido. Aquellos cuya entrada en los libros se adornaba con fotografías tuvieron sus cameos en mis ensoñaciones, y les traté de encontrar como a un conocido al atravesar una plaza. Lejos del archivo, la vía de acceso privilegiada para el pasado recibe el equívoco nombre de memoria colectiva, en la que se puede confiar tanto como se puede confiar en las facultades de quienes la transmiten. Los recuerdos más ajenos a la vida diaria dejaban de ser arbitrarios conforme los llenaba de contenido.

El despertar del ensueño atemporal en el que me sumió el enervante polvo de los archivos llegó de boca de quienes preferían algún periodo particular y de aquellos que no creían que yo pudiera enseñarles algo. Una pareja que trabajaba en la tienda de herbolaria no encontró digna de respeto la fecha de fundación de las iglesias; quienes se montaban en la Revolución mexicana hicieron muecas al relatar la construcción de la catedral; las guerras chichimecas duraban apenas unos pocos años y variaban con cada cronista; tampoco tenían mucho que ver los motivos novohispanos con los de la revolución institucional. No existía una cultura viva, y mucho menos unificada, que tuviera más de cien años. Con la colisión supuesta por las objeciones recién descubierto nacionalismo se fragmentó en pequeñas facetas, cada una adaptada para el interlocutor que tuviera enfrente. Me pregunté si habría algún periodo predilecto entre los latinos de Cicero County o si los payasos de Aztlán grafiteando patrullas eran huérfanos de la historia.

Apenas habían transcurrido un par de semanas desde que regresé para la reinauguración del Rímini's cuando se desató una pandemia y volvimos a cerrar. El día siguiente fue el último día que atendimos comensales y pasamos a operar a domicilio. La atmósfera se puso más pesada de lo habitual y la hostilidad de los grafitis aumentó hasta el punto en que decidimos pintar los cubículos de color negro, en lugar del grumoso blanco usado desde la inauguración. Son menos las personas con plumones de colores brillantes. La cantidad de canciones, frases en italiano y anécdotas nostálgicas de Pietro se volvieron más frecuentes conforme aumentó su estrés, y en un momento dejó de ser él quien atendía el teléfono del negocio. Pasó casi todo el día viendo *Sandokán* y hablando con sus familiares sobre la herencia de una villa que, aseguraba, le correspondía. Por otra parte, nos subió el sueldo. Ello ocurrió después de mostrarle mi renovado interés por la Iglesia. Colgué de mi pecho un rosario de madera, y cuando Pietro reza en italiano lo acompaño en español.

Nos fue mejor que a los restaurantes de comida asiática, que se han quedado desiertos hasta el punto de malbaratar el té rojo. Además, con los baños que permanecían impolutos, tuve tiempo para relajarme preparando un proyecto que se me había ocurrido y que podría llevar a cabo cuando se autorizaran un poco las restricciones.

Al atril del Santa Rita Market se llegaba adentrándose por los pasillos que unían transversalmente las esquinas de aquel edificio rectangular. En algunos de los puestos que poblaban aquellos pasillos se vendía ropa, hecha a mano y de fábrica, en otros se vendían alimentos, figurines, artículos de cuero e incluso banderas, no sólo de México, sino también de casi todos los países de habla hispana y en tamaños muy desiguales, dado que el tamaño de las banderas correspondía con la cantidad de potenciales compradores que pasaban frente a aquellos puestos y que se distinguían unos de otros por su acento.

Confluían todas esas vías en un mismo patio rectangular, convertido en salón y techado por láminas cuarteadas de plástico, cuyas goteras eran recibidas por cubetas que, a su vez, protegían los ladrillos debajo suyo ante el desgaste y la mugre acumulados. Si alguien levantaba aquellos botes, podía distinguir la circunferencia ocupada por ellos, cuyo brillante naranja contrastaba claramente con el opaco tono rojizo teñido por el constante desfile de suelas.

El atril estaba colocado encima de lo que otrora fue un pozo de agua, en aquel entonces tapado, con los horcones cortados y convertido en tarima, al cual se subía mediante una pieza de madera con forma de escalones que hizo uno de los carpinteros que ahí laboraban. Se hallaba pintado con pintura de aceite curtida y descarapelada, lo que recubría a quien emitiera un discurso encima suyo con un aura de trágica comicidad.

Montado ahí, con la mascarilla colgando del oído derecho y unas cuantas diapositivas, agrupadas bajo el título "Getting to know Zacatecas", conté lo que pude recordar durante un lapso de poco más de veinte minutos, narrando algunas curiosidades que leí y proyectando escaneos de mapas e ilustraciones. Hipnoticé la ingente cantidad de seis personas, dos de las cuales no estaban descansando y una de las cuales no era John.

Se trataba de una chica, de estatura mediana y nariz chata, de cabello profundamente negro, cuyas rápidas anotaciones en un pequeño bloc de notas estaban intercaladas con fotografías desde el celular que trataban de capturar los proyectados escaneos. Me acerqué para ofrecerle el archivo de la presentación, y ella aprovechó para preguntarme si sabía algo más sobre los caxcanes.

Sobre aquella etnia sólo conocía lo que dije, que aunque se les desplazó a las veredas en la Sierra, nunca fue formalmente conquistada y más bien fue una gradual migración de sus mismos desertores la que acabó por fagocitarles dentro del orden emergente. Ella sacó una pequeña laptop de su mochila, la cual colocó sobre la tarima-pozo de la que ya había bajado y me contó que planeaba realizar un video sobre dicha cultura para un proyecto del Cicero's Community College. Asistía a un curso en el que a cada estudiante se le asignó narrar una historia procedente de la etnicidad jurídica con la que se registraron en la universidad comunitaria, y como una de las pocas islas de felicidad en el océano de abyección de su adolescencia consistió en asistir al balneario Paraíso Caxcán, empezó a coleccionar datos de aquel pueblo para cumplir su asignatura. Con una modestia segura de sí misma, mencionó que sus dibujos eran algo malos y que la historia no era lo suyo, pero que era perfectamente capaz de transformar un conjunto de rayas en un actor teniendo el software adecuado.

Intercambiamos direcciones de correo y nos comenzamos a conocer a la vez que intercambiamos links y archivos de diversos formatos. Su nombre era Constanza; nació en el espinado seno de una familia proveniente de Juchipila, por lo que para el Estado contaba como "latino". Su padre, italoamericano y clasificado como "caucasian", tenía los mismos modos que Pietro, por lo que me pareció que lo conocía desde hace tiempo.

El ímpetu pagafantas que sentí conforme aprendía cosas sobre ella me hizo ofrecerme a redactar un guion para su proyecto, de paisano a paisano. Quedamos de vernos un par de días después y comenzamos a hacer bocetos e historietas. Le dije a John que nos ayudara con el trabajo, y aceptó a cambio de que me encargara de empaquetar los pedidos del Ríminis antes de mandarlos.

Constanza obtuvo un B+ y me dijo que podía mostrárselo a quien quisiera porque ya lo habían evaluado. Mandé ese primer video al contacto de La Voz de Jerez, esperando que lo pasaran de largo, para encontrarme con su agradecimiento junto con la liga al video, que contaba ya con dos mil compartidos confirmando su éxito. Al día siguiente, cuando llevaba tres mil quinientos cuarenta y nueve, volví a recibir un correo de la empresa, ofreciéndose a emitir y promover la transmisión si les enviaba una primera temporada contando la historia de nuestro Estado. Ofrecieron la ingente cantidad de seis mil pesos por cada capítulo de quince minutos. Aunque no estaba tan mal para la economía jerezana, no bastaba para mantener animadores en Illinois. En dólares era suficiente para pagar algunos días de un salario en el restaurante, dos días en tiempo de diseñador gráfico, e insuficiente para pagar lo que hubiera costado la edición de no haber sido por el desvalorado trabajo de aquella pasante que estaba armando su portafolio, dispuesta a trabajar a cambio de una remuneración simbólica como ocurre antes de recibir un título.

Recordé la historia del tío abuelo difunto de la turista española que llegó en mi avión la última vez que vine.

Su vida quedó fuera de lo que podríamos retratar, pero si a alguien le interesara saber lo que realmente ocurrió debería visitar el archivo. Al decidir el título para nuestra epopeya optamos por *Lino Mejía: de Juchipila a Mazapil*, en detrimento de *Zacatecoolture, Tempus Fugit Laboremus* o *Chichimecas ayer y hoy*, puesto que ese personaje sería nuestro presentador. Cada siglo parecía ser una capa superpuesta, como ocurre con las capas geológicas, separada de las demás por las conquistas, independencias y revoluciones que marcaban el espíritu de la época. Esas separaciones, sin embargo, eran los puntos de disputa de los historiadores, razón por la cual optamos por retratar solamente los periodos de paz con una íntima tristeza reaccionaria, como la invocada por Velarde en el último verso de "El retorno maléfico". Situamos los capítulos a la mitad de cada época, dos o tres por siglo, haciéndolos sobre aquello que en algún momento floreció y ha pasado a ser parte de la amalgama en el presente. Esas limitantes eran acordes a las especificaciones de La voz de Jerez, que pidió explícitamente no ofender a nadie, vivo o muerto, para poder transmitir nuestra animación ante todas las audiencias del municipio y más allá.

La historia empodera. Cuando en las paredes del baño del restaurante rayonean alusiones a mi espalda mojada, contesto citando los índices que he consultado en el archivo de la ciudad. Quien no conoce su historia está condenado a que se la cuenten.

SICARTULINA

Escurriéndose entre el sonido del bajosexto y la voz de Quintanilla se colaba el tintineo de algo que parecía ser el broche de los cinturones de seguridad, cosa por lo demás implausible, puesto que el vehículo no tenía cinturones. Fuera de ese ruido no había ningún desperfecto en la Tacoma. Los ocho cilindros del motor rugían como hacía el Mero León por el estéreo, tan imponentes que, le parecía a Rutilio, los municipales agachaban la cabeza al toparse con él. Las irregularidades del empedrado de las céntricas calles de aquel pueblo ni siquiera se sentían; parecían encajar con los relieves de las seis llantas de la troca. En resumidas cuentas: el conductor de aquella Tacoma era alguien que al caminar pisa recio y al manejar quema llanta. No debería uno de sorprenderse si al tomar impulso alterara la rotación de la Tierra, y esa seguridad en sí mismo se lucía en su trato con la gente.

Rutilio manejaba con dirección a la papelería, pues se disponía a comprar una cartulina y un par de plumones.

Aprovechaba el mandado para echarle una visita al compa Efraín, excompañero de la secu, en quien llevaba pensando desde la noche anterior.

Efraín era visto por Rutilio como amigo de amigos y enemigos suyos. Ni bueno ni malo, su vida le era indiferente. Tampoco se habían tratado más que por causa de terceros, y aunque le guardaba deferencia porque en algún momento portaron el mismo uniforme, no olvidaba que lo había visto en la feria, compartiendo cubetas en el mismo círculo de personas que uno de los maras de la 18, un cholillo que a su vez se juntaba con otro cholo, deportado, cuya casa vacía había reventado Rutilio la noche anterior, y al que precisamente andaba buscando para pegarle una cartulina en la frente.

La línea de luz que se adivinaba bajo la tapadera del escáner pasaba de un extremo al otro, se detenía durante la fracción de segundo que Efraín tardaba en cambiar de página, y volvía a recorrer de este a oeste el vidrio sobre el que se presionaban las hojas de papel. Tras medio minuto ya había fotocopiado las veinte páginas de aquella clienta. Minuto y medio después ya se hallaban impresas, engargoladas y listas para ser entregadas una vez que la clienta extendiera su brazo con las monedas, el billete o, Dios no lo quiera, su tarjeta. Sólo al terminar, Efraín echaba una fugaz mirada a la portada del documento replicado, el cual olvidaba en una fracción de hora o menos, en caso de que llegara otro cliente requiriendo un servicio similar. En esta ocasión se trataba del cuarto capítulo del *Manual Larousse de Comercio Internacional. América Latina*, un texto lleno de ilustraciones convertidas en manchas por el monocromo de los duplicados, las cuales tampoco eran tan buenas como para merecer la compra del libro. Aquel título, junto con la combinación del abrigo, las gafas y la bolsa del cliente, apenas ocuparon dos minutos de las nueve horas durante las que trabajaba de domingo a jueves, pues enseguida llegó un cliente y vecino encargado de una agencia de asesorías para tramitar visas a pedir doscientos trípticos a color, cuyo diseño se encontraba respaldado en los archivos de la computadora número dos de aquella sucursal.

Mientras localizaba el documento .pdf del tríptico para mandarlo a la impresora número tres, la única con tinta a color en ese momento, Efraín pensó en sus familiares del gabacho. No los había visitado por no haber tramitado la visa (se describía a sí mismo como alguien que le tenía fobia a los trámites), y le daba la impresión de que sería él el que tendría que viajar si quería volver a verlos, pues la parte americana de la nacionalidad mexicoamericana de aquellos familiares se comenzó a inflar, como un pastel dentro del horno, ante los comentarios antigringos que Efraín les profería. Quizá fuera cierto que, como se lo habían hecho notar, ellos nunca se habían burlado de la nación de los tecatos, pero Efraín consideraba que, por ser el inglés la lingua franca de internet, cualquier ocurrencia del mundo anglófono era un tema sobre el que cualquiera en el globo podía opinar, aquí y en Asia Central. No había pasado tanto tiempo desde el ascenso de la Naranja Molesta, que parecía confirmar a todas luces que cualquiera podría opinar mejor que un gringo, aunque él vivía bajo un régimen priista, y, como ellos ganaban dólares y, pensaba Efraín, vivían en los suburbios, era su deber venir a visitarlo a él o pagarle el boleto si querían volver a verle. Pero aún si aquellos familiares cedieran a sus chasquidos de dedo, su mano en la cintura y le pagaran todo, no hubiera podido visitarlos, porque que le faltaba la visa.

Otra de las razones de su reticencia radicaba en la circunstancia de que, si bien trataba a sus primos cuando se encontraban reunidos, no solía buscarlos para pasar aquello que la jerga del doblaje latino podría nombrar tiempo de calidad. Al tío Samuel lo recelaba cada vez que no le traía regalos o hablaba mal de migrantes con menos antigüedad que él. A la prima Mónica la respetaba y simpatizaba con ella, pero sentía también que la podía ofender con cosas tan inocuas como burlarse de que sus hijos, sobrinos de Efraín con su misma edad, no pudieran comer en la calle y en cambio se hallaran pendientes de la aparición de franquicias para comer ahí al visitar la Tierra de sus Raíces. El mayor de esos sobrinos, encima, se había enlistado en el ejército, dizque como médico. Desde entonces Efraín no dejaba de hacer chistes sobre musulmanes, llegando incluso a sugerir que el joven Chad se pondría a apilar talibanes cautivos en Guantánamo como si fueran un equipo de *cheerleaders*. En suma, eran lo que la gente normal considera buenas personas, que simplemente se habían adaptado a otras latitudes ajenas al terruño.

En eso ocupaba su mente el compa Efraín mientras recogía las hojas de los trípticos recién impresos, cuando el marco de la puerta se oscureció repentinamente cual eclipse solar. Se había estacionado una camioneta tan grande que, desde el interior de la papelería, sólo alcanzaban a verse sus rines y calcomanías. El doble rugido de la Tacoma, con Beto Quintanilla en el estéreo y un auténtico V8 en el motor, se aplacó al unísono, pues el Mero León del Corrido y el otro león se coordinaban cual dueto musical.

De ella bajó un hombre de negro, con pantalones entubados que se escondían por debajo de sus imponentes botas de caimán, también negras, que combinaban con una camiseta Kenzo cuyos relieves dejaban adivinar un chaleco por debajo. Saludó al dependiente con una casi sonrisa y fijó su mirada vacía sobre Efraín, quien sintió atravesada su alma. *Qué pedo Ruti, cómo anda el pedo. Qué onda camarada, qué tal la vida de reyes.*

Rutilio dijo que venía a dos asuntos. A pedirle una cartulina y a avisarle que se abriera de con los de la 18 para que no le tocara una de malas.

Rutilio pensó en mencionar los nombres de Samuel, Mónica y Samuel junior, anotados en la libreta fotocopiada con una cifra estipulada en dólares al lado de su foto (cantidad estimada que podían aportar por Efraín), pero se calló cuando un ruidoso grupo de personas entró al local en busca de acuarelas. Pagó, se despidió y volvió a advertir sobre la 18. Al encenderse la camioneta, ésta rugió como la mascota de Metro-Goldwyn-Mayer y arrancó con la fuerza requerida para atrapar una gacela. El otro León, del estéreo, cantaba para recordarnos que *Las águilas andan solas, y las urracas en parvada.*

Como se dijo, la noche anterior Rutilio había reventado la casa de un cholillo que miró con Efraín en la feria. En aquel sitio encontró una libreta llena de nombres y números telefónicos de las personas de los municipios aledaños, de sus familiares, aquí y en EUA, así como cifras junto a cada entrada. Había también algunas carpetas con fotocopias de la agenda encontrada, las cuales ojearon, y en las que se hallaba el nombre de Efraín. Mientras conducía, el mentado Rutilio pensaba en si acaso había charoleado, cuando entró una llamada en su tercer número de teléfono…

Poco antes de que cerrara La Parroquia llegó un reportero, vestido de chaleco kaki y botas de constructor, con la tarjeta de su cámara para imprimir las evidencias de su investigación de aquel día. Al recoger las hojas de la bandeja de la impresora, Efraín pudo volver a ver la cola de la Tacoma, atorada entre los alambres de púas junto a un guardaganado en la ranchería de Santa Rita. En el interior, visible puesto que el vehículo fue abandonado con la puerta abierta, yacía la cartulina fosforiloca, enrollada como la que entregó horas antes, la cual yacía junto a un rifle de asalto.

Al llegar a casa, Efraín le mandó un mensaje a su prima para chatear.

EL TORO DE OSBORNE

CUANDO VI AL TORO DE OSBORNE recordé el día en que Eduardo se subió encima suyo. Trepó por las barras de metal, que todavía no estaban oxidadas, y llegó hasta la cima del anuncio para sentarse encima de él, como si estuviera en un jaripeo. Cayó al estilo Humpty Dumpty por tratar de subir a los cuernos del anuncio. La caída hizo un ruido seco, como un costal de maíz a medio llenar siendo apilado en la bodega, pero a pesar de ello no tardó mucho en reaccionar, daba la impresión de estar hecho de goma.

El asfalto atravesaba la sierra, subiendo y bajando por los cerros como la línea de frecuencia cardiaca en un monitor de signos vitales. A mis espaldas, el cielo pasaba del morado al negro. Sobre mi cabeza, era de tono azul oscuro. Al frente, todavía era una mezcla de rojo y anaranjado que poco a poco se decoloraba. En la amplitud del firmamento sólo había un par de nubes, separadas entre sí, que conforme pasaban los minutos se estiraban volviéndose cada vez más tenues y delgadas.

Estaba en un autobús, volviendo de un municipio en un estado en el que no vivo. La policía me llamó para avisarme que habían encontrado el auto que me fue robado a inicios del año. Lo que no dijeron fue que lo encontraron quemado. Me llamaron para que fuera a firmar para darlo de baja, pero sabían que no habría manera de hacerme llegar con ellos sin la esperanza de regresar al volante.

No vi al toro en el camino de ida. El vilo de las expectativas que hicieron efervescencia la noche anterior se convirtió en desvelo y me quedé dormido al despuntar el alba. En un par de ocasiones, al abrir los ojos, corroboré con espanto que todavía no llegaba la hora en la que se suponía que el camión llegaría a su destino. No descartaba la posibilidad de que me perdiera al igual que el coche si acaso llegaba a pasarme la bajada.

Eduardo se cayó encima de una de las piedras que estaban entre las barras de metal y se quedó tirado durante unos segundos. Yo estaba subiéndome al lomo cuando escuché el golpe. Mi papá se encontraba checando la mecánica del auto, que llevaba varios días haciendo un ruido que le parecía raro y yo no alcanzaba a distinguir. Creyó que nos lanzábamos piedras, pues la única evidencia de la caída fueron los moretones en la espalda de mi primo, que estaba enrojecida y poco después morada como ocurre con el atardecer.

Me robaron el auto por la madrugada, mientras estaba en lo que poco antes había sido una fiesta. Llegué cuando ya se había ido la mayoría de la gente y el suelo ya estaba pegajoso. Tampoco en aquella ocasión podía dormir; si terminé de asar lo que estaba junto a la parrilla lo hice para pasar el rato. Al amanecer, encontré una banqueta desierta, corrí alrededor de la cuadra por si me engañaba y en realidad lo había estacionado en otro sitio hasta que salieron los vecinos, a los que también les habían robado un par de coches más. Como sonámbulo, tardé el resto del día en hacer la denuncia. Mientras esperaba mi turno llegaron por lo menos otras siete personas. Y como también tenía que pasar por las medicinas de Eduardo, pagué a un taxi para que se las llevara.

De aquel toro yo sólo recordaba la silueta. Fue hasta que lo volví a encontrar que descubrí que se trata de un anuncio de pisto y no de salsa. Cuando Eduardo se cayó, nos dirigíamos hacia Celaya para el funeral de un tío al que nunca conocí. Fue en un cementerio de Acámbaro, con árboles jóvenes y rectos y un pasto tan vivo que daba la impresión de que lo que enterrábamos era composta. Durante el invierno al campo le daba por perder su tono verde y pasaba a lucir un matiz horrible entre el amarillo y el café, como un trapo viejo y destrozado.

En el rancho nunca han querido a mi primo. No jugaba a las tumbaditas ni trabajaba en algo que lo hiciera sudar, rasparse las manos hasta que se pusieran ásperas y ganarse el respeto de los demás. Aún hoy, los campesinos viven inmutables, contemplando las colinas sin moverse de la piedra que el señor de la tienda ha puesto frente a su negocio para que no se cansen de comprar cerveza. Todos los días se les ve en el mismo sitio sin suicidarse ni desfallecer; sólo se mueven de ahí cuando alguno tiene problemas con sus hijos o con su pensión. Cuando veían a mi primo lo invitaban a sentarse cerca y a fumar de sus cigarros para contarle historias sobre su papá, al que no había visto desde los cuatro años. Como mi tía siempre hablaba mal de esos hombres, Eduardo se limitó a saludarlos cuando lo mandaban a comprar algo.

Lo internaron una mañana de abril, después de que mi tía rompiera la puerta del baño para apagar la regadera y levantarlo del suelo. No llevaba tanto tiempo, apenas unos diez minutos, pero por la potencia inicial de sus gritos, que mi tía no escuchó, apenas y le quedaban energías para pedir auxilio en el momento en que ella volvió a la casa. Los médicos dijeron que las radiografías mostraban algo así como una malformación reciente, a la altura del bazo, pero mi tía no contó los detalles técnicos. Dizque algún traumatismo esplénico o algo por el estilo. Lo que sí hizo notar fue que se trataba del primero en la familia que no se estrenó en el quirófano por una combinación de cirrosis con diabetes.

No sé si prefiero encontrar el carro destruido a no saber nada de él. Desde luego, pensé que lo desharían parte por parte, para asaltar o para secuestrar personas, pero guardaba la esperanza de que eventualmente podría volver a subirme en él. Supongo que es más fácil abandonarlos y llevarse uno distinto que aferrarse a ellos.

El policía en el corralón dijo que no han identificado el cuerpo que estaba en el coche. Eso no me consoló ni provocó el sentimiento de justicia divina que me pareció notar en el tono de voz del oficial que me entrevistó.

El autobús tenía las ventanas polarizadas por lo que la luz entraba a través de un filtro sepia. Ya casi era de noche y apenas se alcanzaban a distinguir las siluetas más cercanas al camión. Cuando pasamos por un retén de militares no nos detuvieron, en lugar de ello dieron la señal para que avanzáramos rápido. Mientras cruzamos, alcancé a ver cómo unos soldados arrestaban a un par de sujetos mientras otros revisaban su impecable camionetón.

Al llegar a casa encontré a mi padre, acostado como de costumbre, quien preguntó cómo me había ido con el auto. Para no apurarlo le dije que ya lo habían desarmado y vendieron en partes, que ya no se podía hacer nada para rescatarlo. Pregunté por mi primo y me dijo que seguía igual, que nuestros familiares de Celaya estaban planeando un viaje para visitarlo.

LA CORREA

Desde la oscuridad del túnel apareció la luz verde que anticipa la llegada del tren, seguida de un golpe de viento. Los vagones disminuyeron la velocidad hasta detenerse. Una multitud de pasajeros salió escupida en cuanto se abrieron sus puertas; la muchedumbre se dispersó como el vapor de una olla recién destapada, y las personas, todas con la misma cara de enojo, desaparecieron empujándose por las escaleras. Los torniquetes a lo lejos comenzaban sus percusiones.

Antonio esperaba recargado en un pilar junto a la escalera eléctrica. Llevaba sentado desde las doce, pero se quedó de ver con Pedro Ventas a la una. Trece o catorce trenes pasaron por cada andén durante la espera, suficiente como para identificar a los ambulantes que se reúnen al fondo de ese andén tras recorrer la línea por separado.

Cuando casi todos los pasajeros salieron del decimoquinto vagón, la espera germinó sus flores. En un instante Tony pasó de maldecir a alegrarse de la existencia. Pedro

Ventas avanzaba a pasos tan largos como zancos en dirección suya. Antonio se adelantó para encontrarlo bajo el reloj.

—¿Mil? –preguntó mientras le extendía los billetes doblados.

—Simón carnal. Chécalo, la estética está al cien. Igual viene con su cable para que lo cargues y recién formateado. Como de fábrica…

Antonio abrió la caja, retiró la tapa trasera del aparato para confirmar que la pila no estuviera golpeada, y se apresuró a resguardar el aparato en el marsupio de su mariconera.

Pedro Ventas subió al último vagón del decimosexto tren, que acababa de llegar, y Antonio lo perdió de vista cuando comenzó a probar el teléfono. Balbuceó su despedida mientras caminaba hacia las escaleras, encendió el celular cuando ya no lo alcanzaba a ver y corroboró que venía reseteado, que el aparato advertía haber sido intervenido. Igual le haría otro *hard reset* por si las moscas.

Se conocieron una mañana de domingo, en un local al interior de una vecindad del centro. Incidentalmente, Tony llegó a otro local distinto al de su actual proveedor, en el que se ofrecían fundas y accesorios del mismo rubro, para preguntar si acaso no vendían también celulares usados. No nos han surtido, pero la próxima semana ya tenemos, dijo el dependiente.

Como invocada, y advirtiendo que la incompetencia de su empleado provocaría la fuga de un cliente, una señora apareció detrás de unos anaqueles. Iba vestida con un delantal bordado con la imagen de una naturaleza muerta, cuyo bolsillo se notaba pesado y emitía un ruido metálico. ¿Qué se le ofrece?, preguntó ella, a un volumen infinitamente mayor al de la respuesta, que ni se alcanzó a oír. Aquí ya no vendemos, dijo la mujer, pero a un par de cuadras se ponen unos señores con muchos aparatos; computadoras, las d'esas tablets… todo de fábrica. Por la otra banqueta, en la esquina doblas a la izquierda y caminas media cuadra, junto a la entrada está un puesto de mariscos, no hay pierde.

En aquella otra vecindad había varias tiendas, cuyo rango de productos abarcaba desde inciensos, veladoras y perfumes hasta bafles y equipos de audio para eventos masivos. El único local con teléfonos estaba iluminado por un foco incandescente, cuya luz amarillenta se veía opacada por las cacas de mosca pegadas al vidrio. Es probable que el foco tuviera más años que todos o casi todos los celulares en exhibición, los cuales estaban ordenados por precio detrás del igualmente opaco vidrio de los mostradores. Antonio se llevó ese día el Samsung que todavía utiliza por una fracción de su precio usual y anotó el número de la tienda para adquisiciones futuras.

Siempre que lo veía, Pedro Ventas andaba con los ojos hundidos y el pelo enmarañado, con la chamarra militar teñida de negro y los pantalones desgastados. Se trata de ese tipo de personas a las que todos tratan con una mezcla de miedo y menosprecio, o al menos así le pareció por los gritos que escuchó al salir del edificio.

Tony concertó esta última compra para regalarle un teléfono a la chica con la que había estado saliendo desde meses atrás. Ella utilizaba un celulámpara que compró en la Frikiplaza desde que el teléfono anterior se cayó en una piscina. Le costó menos de doscientos pesos, pero incluía cámara, se le podía expandir la memoria, e incluso conectaba sus audífonos vía *bluetooth*. Tan sólo una ocasión, reparó en lo que haría uno de gama más alta, pero más a menudo se ufanaba de estar libre del alienante agujero negro que cada uno trae en el bolsillo.

La citó a las dos de la tarde, no muy lejos de su trabajo. Entre los torniquetes del metro y el centro comercial había una vía peatonal, separada por una hilera de árboles entre los que apenas pasaban los triciclos de carga de los comerciantes. A lo largo del pasillo se intercalaban tiendas de ropa deportiva, de trajes y de vestidos, de regalos y de libros. Los transeúntes debían rodear las mesas que los negocios sacaban a manera de terraza, y el ruido de las múltiples y bien muchas bocinas se fundía en un estruendo indistinguible. Si bien no todas las tiendas le seguían el paso, el centro comercial estaba abierto con el mismo horario que el metro. Era un edificio de siete plantas, todo reluciente. En todo el lugar siempre había personas cargando bolsas o grandes vasos de bebidas. A las afueras y en la terraza la gente fumaba cigarrillos. En el interior el aire acondicionado relajaba la respiración, y al alejarse de las puertas de cristal no había forma de ver si ya había anochecido, como en los casinos.

Antonio solía llegar un par de minutos antes de la hora acordada. Se encontraba convencido de que la puntualidad era una responsabilidad moral. Mientras esperaba en una banca de la planta baja, recibió una llamada.

—Hola, Tony. Una compañera del trabajo me acaba de pedir que la cubra hoy. ¿Te parece si mejor pasas a mi casa mañana?

—Oh… No hay problema… o puedo esperar y paso por ti cuando termines.

Aquel hombre parecía un perrito recién abandonado, que no se daba cuenta de lo que le ocurría, que por no poder resistir la soledad lamía a cualquiera que le extendiera la mano. El tipo de persona que se queda herida por cualquier cosa. La gente sólo se dejaría llevar por un momento ante el encanto del perrito perdido. No serían muchos los que quisieran llevárselo y lavarlo, darle de comer y recogerle la caca. Los peatones lo mirarían mientras le siguiera brillando el pelo, pero si se ensuciase con el polvo de las calles y se le afilase la mirada por el hambre, tendría que aguantar pedradas.

En resumidas cuentas, de su persona emanaba un cierto histrionismo, propio de una vergüenza inexplicable. La mayor parte de las ocasiones vestía camisas de franela a cuadros y se las abrochaba hasta el penúltimo botón. Tenía varias, exactamente iguales excepto por el color, aunque en casi todas sus citas usaba la misma: de color verde coladera con rayas amarillas. Sus pantalones se hallaban decorados por restos de comida y quemaduras que la lavadora no pudo disimular. El extremo derecho de sus anteojos estaba más arriba que el izquierdo. En ocasiones, a Érika le daba la impresión de que olía como a pis con sudor.

Ella había comenzado a notar que, en el momento en que escuchaba una voz nerviosa, llena de preocupaciones y ansiedad, como por reflejo se le venía a la mente su nombre. Su tacto le recordaba la piel de algún anfibio porque siempre que lo tomaba de la mano estaba húmeda. Tony lo sabía, y por ello trataba de secarse las palmas frotándolas contra los pantalones antes de saludar a las personas. A veces incluso se ponía talco después de lavarse las manos. Al menos era respetuoso; de pequeño habría sido un niño educado.

Se vieron cuando el sol ya se estaba poniendo. Pasaron por algo de cenar y mientras esperaban en las mesas plásticas para comensales, Tony le dio el teléfono. Dado que tuvo más horas libres de las planeadas, usó ese tiempo para conseguir una caja de celular, que si bien no era del mismo modelo, sí era del mismo tamaño, por lo que la forró con un papel para regalos con estampado de ositos. Sobre el moño de tonalidades metálicas se reflejaba la incandescente luz de veinte focos aledaños.

Las primeras veces que salieron fueron las más llevaderas, cuando no se había hecho explícito compromiso alguno. Pero sus citas tardaron poco en volverse encuentros formales y aburridos, llenos de esas pequeñas fricciones que tratan de ignorarse y que, a punta de repetición, terminan exasperando a ambos sin que puedan decir exactamente por qué.

Por esa falta de espontaneidad no hubo plan alguno después de la cena y entrega del teléfono. Ella debía descansar para el turno de la mañana siguiente, así que se despidieron en la estación en la que Érika tomaba el pesero que la llevaba a casa. Antes de subir al camión tiró a la basura la caja con el moño para poder esconder el teléfono en un compartimento secreto al fondo de su bolso. El húmedo aire de la noche enfriaba hasta los pulmones y los cristales del transporte se empañaban por el calor de los pasajeros.

Al llegar a casa, ella encontró a su padre preparando café. Tras dejar sus cosas y lavarse la cara, sacó el mazo de cartas con el que juegan por las noches. Él se sirvió cuidadosamente, porque sentía que no podía controlar sus movimientos. Colgado en un perchero sobre el cual rara vez se ponían abrigos, el compartimiento oculto del bolso se agitaba. El teléfono vibraba por los mensajes que Tony enviaba desde el suyo, mientras Érika revolvía la baraja para comenzar la acostumbrada partida de conquián.

Juntando las cartas que tenía en la mano, Érika echó una ojeada a las de su padre, que las sostenía con demasiada fuerza para tratarse de un pedazo de cartón. No tenía necesidad de verlas de reojo, con sólo ver el reverso podía saber claramente qué cartas eran. Conocía tan bien el reverso de las cartas que es casi lo mismo que estar viendo el anverso.

La que tiene un corte transversal es la del as de copas, la que tiene el extremo izquierdo desgastado en forma redonda es el once de espadas y la que tiene el extremo derecho partido es el ocho de monedas.

A su padre no le gustaba salir de casa y tampoco acogía las visitas con agrado. Lo visitaban sólo amigos que eran demasiado generosos o con demasiada iniciativa, que, como manteniéndose fieles, mostraban una amistad desmedida, y amigos con algún propósito ulterior.

En la infancia de Érika, la estantería de libros del salón estaba repleta de colecciones de libros de biografías de personajes famosos, enciclopedias y manuales. Su padre tenía una gran variedad de libros de todo tipo, pero no parecía que se ilustrara ni desarrollara sus conocimientos. Se acordaba tan sólo de trozos aislados de su contenido y, en la mayoría de los casos, los malinterpretaba a su manera. En sus ratos libres les limpiaba el polvo y, si había unos desordenados, los ponía en su sitio. Érika nunca vio que tuviera un favorito ni que se arrugaran por el uso, o que tuvieran puestos separadores. Más bien le daba la impresión de que no era un aficionado a la lectura sino a la colección. Después del juego y antes de dormir, revisó por vez primera el teléfono. Contestó a los mensajes que seguían llegando y se desveló en una conversación que consistió, casi toda, en repetir agradecimientos.

La línea cinco no tenía paradas oficiales en las zonas en las que recogía más gente. El pesero se detenía cada vez que un peatón lo llamaba o un pasajero le pedía la parada. En ocasiones, llegaba a frenar más de una vez en la misma cuadra. Quienes eran más sensatos solían esperarlo en la esquina, aunque en no pocas ocasiones las personas se dispersaban a lo largo y ancho de la acera, como resistiéndose a fundirse o a formar una sola fila. Llamaban al camión desde ambos lados de la calle, distanciadas entre sí o apenas a unos centímetros. Solamente el calor y su excepción en el oasis de una sombra eran capaces de regir en medio de semejante anarquía. Cuando el sol azotaba los pasajeros se reunían bajo los anuncios y los abandonados puentes peatonales para esperar el microbús. En cambio, por las mañanas no había puntos fijos y aquel transporte debía recogerlos en donde lo llamasen, so pena de no juntar las cuotas para los caciques de la concecionaria. Además debía tener cuidado con los cochistas que iban tarde, medio dormidos, con resaca y pensando en las prisas de sus pasajeros encima de las propias.

El chofer venía platicándole al cobrador que una vez lo asaltaron dos güeyes que cargaban a un enano, más bajito que Tun-Tun, y como que era el cabecilla, que le venía picando en las costillas con una navaja. Afloja hijo de tu puta madre, le dijo, no vuelvo a subir a un puto enano... El cobrador, que iba sentado sobre una cubeta entre la puerta y el parabrisas, tenía los ojos puestos en el espejo de la esquina izquierda. No alcanzaba a distinguir si el pasajero que llevaba la capucha puesta con la frente recargada en el asiento iba rayando el respaldo que tenía enfrente.

Un par de personas subieron al microbús por la puerta trasera. Una mujer pagó con una moneda de diez pesos mientras el hombre que venía con ella se apresuró a aferrarse al tubo resbaladizo de tan grasiento. Cada empujón sugería la amenaza de tirar a los pasajeros uno sobre otro como piezas de dominó.

Érika sacó la mano de su bolsillo para tentarse el costado derecho. Sintió la tela de una camisa y alcanzó a rozar unos dedos gruesos y peludos que se le escaparon deslizándose. Un par de dedos nuevamente se presionaron contra su piel, desde los muslos hasta la mezclilla de su bolsillo, rasposos como lija, y esta vez apresó aquella mano por la muñeca. Todo el microbús alcanzó a escucharla cuando gritó para evidenciar al marrano; hasta quienes no llevaban audífonos voltearon para ver a aquella alimaña, quien dijo estar buscando su cartera, que no la encontraba y que aquella ladrona ofendida la tiró por la ventana. Un pasajero lo insultó y aquel morboso jaló a su mujer para usarla de broquel. Aquella asumió su rol de centinela, extendiendo los brazos cual Cristo Redentor, y el conductor de la ruta subió el volumen de la radio como para sofocar la disputa que asomaba por el retrovisor. Érika soltó un puntapié sin estar segura de a quién le llegó. La guarura, todavía con los brazos extendidos a pesar del apretadero, dio un paso hacia atrás y se mantuvo en su posición con una sonrisa forzada. Aquel bus carecía de alarmas. Tuvo que ser uno de los pasajeros el que tocase el botón para bajar en clave de mentada. Después de él, de manera parecida a como se contagia la risa, el resto de los pasajeros pidieron al unísono que se detuviera el autobús, que ya había durado más de dos cuadras sin detenerse, a pesar de quienes pedían subir con la mano extendida desde la banqueta.

Aún después de haberlo bajado con todo y guardaespaldas, Erika siguió sintiendo la mano de aquel cocol, como le hubiera dejado una mancha sobre la ropa. Como cuando está lloviendo, alguien pasa bajo un desagüe y le caen encima las porquerías de los perros hacinados en los techos.

Al llegar al metro y encontrarse con Antonio, lo apartó para que no la tocara como está acostumbrado a hacer. Cuando le contó lo ocurrido en el autobús, él se limitó a maldecir al viejo, decirle que a la próxima llamara a una patrulla, o mejor a él, que debió tomarle foto ahora que sí tiene una cámara con buena definición, y a detallar la putiza imaginaria que le hubiera metido al sexagenario de haber estado ahí. Extendió la mano para acariciarle un hombro, pero ella la rechazó y se alzó para decir algo que le pareció muy violento, algo que él nunca hubiera esperado que saliera de su boca:

—La próxima vez que me asalten les diré que me dejen llamarte para pedir instrucciones.

Caminaron en silencio hasta el andén. Un tren iluminado y sin pasajeros pasó de largo. Cuando llegó otro y se detuvo, el vagón iba casi vacío. Dieron algunos pasos en el interior, primero Érika y después Tony, quien miraba a los otros tres pasajeros para detectar si alguno se le quedaba viendo a su novia. En vista de que las esquinas estaban ocupadas, se sentaron a la mitad del vagón.

Las estaciones llegaron y se fueron en un parpadeo. Entraron y salieron pasajeros hasta ocupar todos los asientos. De repente, subió un par de ambulantes, cada uno con un saco en la mano. El primero comenzó disculpándose por interrumpir el viaje mientras levantaba un costal lleno de vidrios con el brazo derecho. Se presentó como alguien que no tiene papeles para buscarse un empleo, para quien cualquier moneda o alimento es una gran ayuda. Su voz era potente y mantuvo el mismo tono mientras caminaba de un extremo del vagón al otro.

El metro tomaba un respiro tras salir del subsuelo, y ahora las vías transportaban al gusano de hierro por encima del nivel de los coches. La anaranjada luz del atardecer proyectaba en el piso los traslúcidos grafitis de las ventanas.

El segundo ambulante siguió a su amigo, agitando los vidrios a la altura de sus ojos para golpearlos contra el suelo hasta que estuvieran lo suficientemente fragmentados como para poder acostarse sobre ellos. Con la práctica aprendieron a hacer el máximo de ruido al agitarla, pues la parte sonora de su rutina es esencial. Mientras uno dejaba caer su piel extendida sobre los huesos de su espina dorsal en lo que otrora fueron envases de Mundet o Boing, el otro recogía monedas y donaciones de los pasajeros. Cambiaron de turno, contaron las monedas que les dieron y recitaron el fin de su acto a la vez que se formaban ante la puerta para cambiar de espectadores. Uno de ellos cargaba en su mochila partidista un rollo de papel de baño, así como una botella de gel desinfectante rotulada con el nombre de una papelería. En mejores ocasiones, aquella mochila se llenaba con mercancía, chocolates casi siempre, pero también desarmadores y linternas.

Si, por la costumbre, los pasajeros no perdían su sopor con el sonido del vidrio, la cosa era distinta con el aluminio. Como catapultado, un bote de CleanMex pasó por encima de los asientos y golpeó en el rostro a una mujer robusta, de brazos firmes que sostenían un par de maletas visiblemente llenas, y tan alta que casi alcanzaba el techo con la cabeza. Ella se quedó de pie frente a la puerta por la que estaba a punto de salir, titubeando durante preciados segundos hasta que las puertas se volvieron a cerrar. También los ambulantes se quedaron inmóviles durante los segundos que el vagón se quedó en silencio. Tres o cuatro personas se pusieron de puntillas para tratar de entrever por sobre las cabezas al culpable.

El primer vagonero soltó su bolsa para levantar de su asiento a un tipo que tapaba su rostro con la capucha de su sudadera. Por mucho que fuera la persona más humilde y pordiosera del mundo, también se atormentaba como los demás, le gustaba lo mismo que a los demás y se encabronaba como los demás. Quien arrojó aquel bote debió haber tenido la edad de Jesucristo. Iba con otros dos, parecidos a él, que vestían ropa de colores brillantes deslavados y tan delgados como Dimas y Barrabás. Al acercarse uno podía distinguir un penetrante olor a solvente. Resultó que se conocían desde antes.

—Ya págame las paletas Payaso, hijo de tu perra madre –dijo el que había arrojado el bote, mientras era levantado por el vagonero que jalaba su ropa.

Quizá antes de lo que dijo Érika, Tony se hubiera desentendido del conflicto, pero le pareció que la mejor manera de mostrarle su apoyo sería ayudando a llamar a la policía. Uno de los ambulantes se alistaba para darse un tiro, pero terminó luchando contra Tony, cuando éste intervino para ser el que entregara a quien lanzó la lata.

Érika se despidió de manera rápida e imprevista, sin ponerse de pie, cuando los del escándalo tuvieron que bajar del tren para seguir al culpable, quien aprovechó para escabullirse. El otro vagonero cambió de andén para no toparse con los policías, a quien Tony llamó a gritos, y la señora, que sacó una toallita húmeda de una de las maletas para limpiarse las gotas de *thinner,* dijo tener mucha prisa como para estar el resto del día en los separos. Mientras Tony le contaba lo sucedido al oficial, pudo ver cómo aquella víctima se formaba en el andén contrario, para regresar a la estación en la que debió bajarse. El tren de Érika ya iría llegando a la estación siguiente. Tony se quedó pensando en que, si hubiera tenido un carro para ir a recoger y a llevar a su novia, todavía seguiría con ella. Entretanto, el *walkie-talkie* del policía que en ese momento lo tomó por el codo informaba que los detenidos tendrían que esperar a que en el juzgado se realizara el cambio de turno para poder tomar declaración.

FISHJAUS

CUANDO LA SEÑORA IRENE guardó las peceras vacías en el maletero de su CrossFox recordó, no sin una irónica mezcla de nostalgia y aversión, cuando su madre, Cecilia, le metió la idea de llevar a sus dos tortugas a la fuente del Museo de Antropología para liberarlas junto con las demás tortugas que vivían ahí. La pequeña Irene, todavía niña, se mostró indecisa, pidió ir a inspeccionar la fuente, no cuestionó a doña Cecilia cuando esta última metió las tortugas en una caja de zapatos puesta en el asiento trasero de la furgoneta durante dicho viaje de inspección, y lloró durante tres semanas, incluido el día de su octavo cumpleaños, a partir del momento en que escuchó el impacto de los caparazones de Dino y Dani al romper la tensión superficial del agua de la fuente. Doña Cecilia se apresuró a tirarlas antes de que la negativa de su hija fuera iterada. Quería ver si podían nadar dentro de la fuente, pero cuando me di cuenta ya no pude alcanzarlas de tanto que les gustó su nueva casa, dijo una y otra vez, con una convicción que podría haber envidiado el mismo Goebbels al interior de la Chevrolet Van durante el camino de regreso.

La señora Irene acababa de liberar a los guppys de su hijo Roberto en la Presa de El Pescador. Roberto, de veinticuatro años, dejó los estudios para retomarlos al siguiente semestre dos años atrás, y por primera vez consiguió un trabajo de tiempo completo, a mil quinientos kilómetros de distancia, en el resort de una playa de una prístina arena blanca, entremezclada con los vidrios rotos de las botellas de las mejores cervezas artesanales que los bolsillos de los *spring breakers* pueden conseguir. Su contrato cubre el hospedaje y dos comidas diarias, así como un salario ligeramente superior al mínimo y la posibilidad de recibir cuantiosas propinas que, en comparativa, hacen ver al salario como un mero bono.

Roberto partió a trabajar un par de días antes. Durante ese tiempo, Irene tomó suficientes fotos y videos como para mandárselos durante los siguientes tres meses, cuando planificó informarle que hubo un accidente con los medidores integrados en la pecera, que el agua se contaminó con el mercurio de un termómetro por unas horas hasta que se dio cuenta de que tronó por los altibajos de corriente eléctrica, y que tristemente los peces murieron.

Irene sabía, desde el momento en que llegaron hace cinco años, que terminaría por liberar a los guppys cuando a Roberto se le pasara la emoción de tenerlos. Más bien era de sorprender que hubiesen durado tanto. Lo mismo ocurrió con el pez payaso y los bettas, sus antiguos inquilinos. Ya fuera que murieran en combate, por saltar fuera del agua o por inanición, ninguna de esas especies preservaba su linaje.

Al regresar a su departamento, en el cuarto piso de un edificio cuya primera planta todavía era la matriz administrativa de sus franquicias, Irene respiró, por primera vez en veinticinco años, un aire respirado sólo por ella misma. Como si se tratase de un recuerdo recién desbloqueado, se proyectó en su mente cuando la Irene de veintitrés años vivía en un departamento más amplio y mejor ubicado. Se trató de un momento de su vida que la señora Irene recordaba ahora como desbordante de posibilidades. El recuerdo de aquella candorosa primavera, en la que llegó a su vida la aciaga presencia del padre de Roberto, pasó del monocromo al sepia, recuperando un poco de su raído color [irenejoven_colorizada.jpg]. El recuerdo de aquella época le trajo a la mente dudas sobre cuestiones tales como cuáles son realmente las ventajas de vivir como un ser diurno en lugar de despertar al anochecer, así como cuál es la mejor hora de la madrugada para dejar de recibir invitados durante las fiestas.

El padre de Roberto estaba en Tampa, Florida, desde hacía ya diecisiete años. Trabajaba como guardia de seguridad en un casino del que recibía un flujo constante de propinas que hacía ver su salario como un bono, y conforme pasaron los años se incorporó a la cofradía hispanohablante de la costa este.

La primera década de su estadía mandó mensualmente y sin falla sus remesas, que con el tiempo sirvieron a Irene para montar una tienda de artículos de plástico en la planta baja de su edificio. Los siguientes años lo hizo de mantera bimestral. Fue por esos tiempos que el local de plásticos se consolidó, permitiendo a Irene expandirlo para también vender productos de limpieza y subarrendárselo a Monserrat, su trabajadora estrella. En tiempos recientes apenas les mandaba alguna migaja de manera esporádica, siempre anunciada por una balbuceante voz desparramada en llamadas telefónicas que se espaciaban durante periodos de diez meses.

Cuando el padre de Roberto conoció a Irene, cada uno trabajaba por su cuenta. Ella, de veintidós, en un supermercado de la franquicia Gigante. Él, con veintitséis, en la barra del garaje-bar Archie's (el único nido de la escena roquera capaz de hacer pagar a más de la mitad de los metaleros de aquellos años en lugar de mantenerlos en la puerta de entrada, escuchando ruido filtrado por más de una pared). Irene recordaba aquella como su época de emo y era para ella algo concluido. Ese adjetivo lo asignó de manera retrospectiva, tras aprender que ésa era la manera en que la generación de su hijo denominaba a los roqueros. En tanto, el padre de Roberto, curtido hasta la fecha, continuaba asistiendo a tocadas en Tampa y presumía haberse unido a un club de motociclistas.

Se conocieron, decía, en una ocasión en que, ya cerca de la medianoche, los pocos metaleros a las afueras de la tocada se agarraron a golpes, alertando a una patrulla y obligando a los asistentes a mantenerse al interior del recinto. El encierro, el hacinamiento, los humos y los alcoholes acercaron a ambos: uno invitó al otro a afterear, hicieron de ello su rutina y tras unas semanas establecieron un noviazgo.

Los recuerdos que el niño Roberto alcanzó a grabar sobre su padre comenzaban casi todos sobre un tapizado: su padre dormido en el sofá de la sala, en una sala de espera o en el autobús. Siempre necesitaba descansar porque entraría a trabajar llegada la noche. Tras su partida, como si hubiera germinado un repudio que apenas salía a flote, Irene revendió su tocadiscos y su colección de acetatos y casetes. La música, clasificada con minuciosidad y esmero desde épocas previas al Archie's (inclusive había un clon de

¡Que viva el rock! por los Crazy Lazy), no sirvió como objeto transicional, a manera de cobija, para ser abrazada por su hijo. Ese fue el rol de los peces, que pasaron de adornar con su imagen impresa las postales y cartas que comenzaban a llegar desde Florida, a adornar una mesilla de la sala que pasó a funcionar, en la mayor parte de su vida útil, como base de pecera.

La adopción del primer pez payaso se debió a la influencia conjunta, clara y distinta cuando se la aprecia en un niño, que ejercieron sobre él las cartas de su padre y una visita al cine. Uno de los hombres que le dio propina, relataba una carta, era un peruano manco que cobró fama al plagiar *Soy leyenda*; había escrito una novela sobre una estética unisex convertida en moridero, adornada con peceras que reflejaban el estado del protagonista. Y en el cine vio *Buscando a Nemo*, con las palomitas medianas acarameladas y todo, pues la remesa había llegado más holgada que de costumbre. Gran película, aunque por algún motivo al niño Roberto le pasó desapercibido que el increíble esfuerzo realizado por los personajes fue para no tener que estar en la pecera que comenzó a exigir tras verla. Aquel pez vivió durante dos años: los primeros tres meses en la minúscula esfera que regalaban en el acuario junto con una tarjeta, sellada con cada compra, que al llenarse se podía canjear por insumos; el resto, en una caja de plástico adquirida en Gigante, adornada con coloridas rocas llegadas una por una desde distintas latitudes, un tronco y un trozo de musgo del río. El fin de su vida se debió, como la mayor parte de los asuntos bajo la jurisdicción humana, a la influencia conjunta de la costumbre y la inercia: Roberto olvidó alimentarlos durante algunos días antes de salir en una excursión escolar, e Irene ya había perdido la costumbre de revisar la caja, que además era menos prístina que una pecera de vidrio. El camino de la aflicción fue corto, pero tan pedregoso como el fondo de la pecera, que Irene dejó intacta para que su hijo pudiera despedir al pez. Aquél sollozó durante esa tarde y la siguiente, cuando sacó de su mochila la pata de conejo que compró a un ambulante durante la excursión.

Después llegaron los bettas, que fueron los que menos duraron. Poco faltó para que el primero de ellos cumpliera el mes. Robertito ya llegaba caminando a la secundaria y una tarde decidió detenerse en el acuario frente al que pasaba en su recorrido. Sacó de la gaveta del cuarto de los tiliches la caja de plástico, vació en el suelo la ropa que guardaba ahí, llenó la caja de agua y reactivó su práctica de acuaescapismo. No tuvo problemas para mantenerlo alimentado y fresco, sino para lidiar con el machismo acuático: compró otro compañero betta y lo echó a la pecera, los descuidó, y encontró pedazos de pescado destripado a los veinte minutos de su ausencia. Los bettas resultaron más territoriales de lo que hubiera imaginado: hasta en las peleas de insectos los antagonistas se tenían más aprecio. No hubo mucho duelo en aquel caso, pues Roberto compró otros cuatro bettas al día siguiente para llevarlos con la pecera chica, la esférica, para armar apuestas durante el receso de la escuela.

Los guppys, adquiridos cuando Roberto aprobó el último examen de la preparatoria abierta, fueron los que más duraron. Cinco años ya y más de una docena de generaciones preservaron su endógamo linaje. Inclusive, Roberto compró una pecera de vidrio de cuarenta litros y mejoró el paisajismo acuático con rocas, musgos y troncos cada vez que la limpiaba. Fotografiaba sus creaciones y las enmarcaba recordando las postales venidas de Tampa, que para entonces ya habían dejado de llegar.

En cierta ocasión, después de inhalar los vapores depositados dentro de una bolsa de pan Bimbo durante la prepa abierta, Roberto escuchó las historias de vacaciones en la playa de sus compañeros, de sus trabajos recogiendo fresas como mojados en Gringolandia, de cómo fue vivir solos y de sus planes para independizarse. Con celos de por medio, Roberto reparó en aquello que en su vida faltaba para hacer cualquiera de esas cosas. Si hasta ese momento no había visitado a su progenitor del otro lado del Río Bravo, ello se debía, recordó, a los tortuosos relatos sobre los compañeros deportados de su padre. Gente expulsada del país por abrir una cerveza en la calle, por rancholos o por hallarse en el punto intermedio en la pigmentocracia anglófona. Se le dijo, incluso, que si no bajaba a verlos se debía a que temía que no lo dejaran pasar de vuelta, y que si no los invitaba se debía a que Irene no tenía visa, aunque ella la tramitó desde el tercer año de su partida.

Cuando Irene regresó de soltar los guppys en la presa, poco antes de subir al departamento, respirar por primera vez en décadas un aire únicamente respirado por ella misma y dormitar sobre el sofá, se detuvo frente a la tienda de plásticos, consciente de la importancia de hacer acto de presencia, con la excusa de preguntar si se estaban vendiendo bien los servilleteros surtidos hacía dos semanas. Se habían vendido dos de diez, dijo la dependienta Monserrat. En la caja iba todo en orden, excepto por los casilleros. Aprovechando que ya estaban charlando, la dependienta avisó que requería ver las grabaciones de la cámara de seguridad interna, pues, en algún momento entre el cierre del día anterior y la mañana del presente, desapareció el vitrolero en el que ahorraba todas monedas de diez pesos que llegaban al negocio.

Sin pronunciarlo, se sugería en el aire que el culpable fuera Roberto. Sus antecedentes no eran halagueños, quienes ahí trabajaban y veían su fodonguez a diario lo creían el motivo de que el frasco no se hubiese llenado todavía. Irene descartó esa idea, tras revolverla en su mente como una lengua revuelve un dulce, a sabiendas de que su hijo había salido antier, aunque, con perversa curiosidad invitó a Monserrat a ver la grabación en su departamento al día siguiente, pretextando lo engorroso que supone desconectar el sistema de vigilancia para no echar a perder aquella primera dorada tarde de privacidad que le esperaba escaleras arriba. Monserrat titubeó antes de aceptar, como hacen aquellos que carecen de alternativa, e Irene se despidió antes de subir a la planta alta.

Al día siguiente, al caer el atardecer y cerrarse la tienda, el zumbido del timbre del tercer piso se hizo escuchar con toda la potencia que el eco de las escaleras pudo aportar. Al escucharlo Irene se puso una sudadera tan holgada que cubría tanto su blusa de tirantes como la parte superior de sus bombachos, abrió las ventanas para ventilar los interiores, y dio algunas zancadillas hasta llegar a la puerta, que recibió un impulso adicional con la corriente de aire que iba desde la ventana del pasillo hasta las departamento y por poco golpea la pared. Al otro lado del umbral, atravesado por los rayos de sol que entraban por la ventana con la misma fuerza que el viento, resplandecieron los reflectores del chaleco verde de la dependienta, quien, encorvada, descarapelaba la raída pintura de sus uñas.

Tras diez segundos de silencio incómodo que parecieron estirarse como goma, aquella dependienta elevó su rostro. Hola, Monse, pásale, ¿qué tal les fue hoy? Ahí está el sillón, ahorita conecto la grabación. La mirada de Monserrat era la de alguien que ha agotado los músculos de los ojos y las glándulas lagrimales, aunque la esclerótica de sus globos estaba sorprendentemente blanca, más que de costumbre. Dio un tímido primer paso y pareció cobrar seguridad en sus movimientos conforme se acercó al sillón, en el cual nunca se había sentado a pesar de haberlo visto desde el umbral en una docena de ocasiones. Se sentó lentamente, sin dejar de tensar los músculos, contraídos desde el inicio de su jornada. Aunque pudo notar desde el primer momento los ángulos de las tablas por debajo de la tapicería que se clavaban a través de su ropa, se comportó como si probara un sillón nuevo dentro de la mueblería.

Tras entrar en una de las habitaciones, Irene salió con una tarjeta SD y un adaptador para conectarla a la pantalla, se puso en cuclillas para encontrar el punto de la grabación correspondiente al último cierre antes de la desaparición del vitrolero y pensó en hacer palomitas al desparramarse a un lado de su dependienta.

Conforme Irene avanzaba por la barra de reproducción, Monserrat parecía impacientarse, como si hubiera recordado que estaba haciendo horas extras que no se le iban a pagar o como si supiera que su jefa ya había decidido a quién culpar. Por fin llegaron cerca del final de la grabación, cerca del cierre de la cortina, Irene fijó su vista en el frasco de monedas y disminuyó la velocidad de reproducción, esperando, hasta que llegaron al segmento de la grabación correspondiente al amanecer, la apertura del negocio de nueva cuenta, y la desafortunada visita al baño de Monserrat antes de que llegaran los demás empleados.

Durante esa brevísima ausencia entró una silueta que se fue directo a las gavetas, como sabiendo de antemano dónde estaban, para encontrarlas abiertas como lo estaban entre la entrada y salida del primer y último empleado, y sacó el vitrolero con la pericia con la que un albañil carga un bulto de cemento. La definición del video era peor que la de un celular. Si Monse supo a quién culpar, ello se debió al pixelado tono de los rayos de su cabello, no a sus rasgos faciales, que de tan cuadriculados no se distinguían.

Monserrat emitió un pujido ahogado, entornó los ojos y se los frotó con la manga de su suéter. Es de la zapatería, declaró Irene con un leve pasmo, como anticipando una confrontación. Todavía no cierran. Vamos de una vez. *Hmmpff*, respondió Monse. ¿Qué pasa? A ver si la alcanzamos de una vez, incitó Irene, contrariada por la reticencia de alguien otrora más audaz que ella. Yo me arreglo con ella mañana temprano. No se apure, interpuso Monserrat. ¡Vamos de una vez!, ordenó Irene, que ya se había puesto de pie para apagar el televisor.

En la zapatería, cuyos escaparates empezaban a verse cubiertos por cortinas de metal pintado, el dependiente en turno dirigió aquellas mujeres hacia una oficina detrás del mostrador, donde otra trabajadora les informó a ambas que la persona buscada dejó de laborar ahí precisamente desde el día anterior, y como fingiendo no querer develar los datos de sus empleados, le alargó a Irene la carpeta con la solicitud de empleo y su carta de renuncia. Los ojos de Monserrat parecieron desorbitarse cuando Irene sostuvo aquellos documentos para leerlos de cerca, antes de agradecer, despedirse de la empleada, e indicarle a su dependienta que no volvería a molestarla con ese asunto. Es más, ya ni se acordaba quién le pasó la dirección a la que se dirigía.

Monserrat apretó los labios durante el trayecto. Lo único que maquilló el silencio al interior del CrossFox fue el ruido de las llantas sobre el asfalto, de los transeúntes entremezclados con el viento, el surf rock local transmitido por la radio y el plan de guerra emitido en breves sentencias de manera esporádica por Irene: Ya con la grabación tiene que dar la cara. Si se hace güey… vamos a llegar tope hasta donde tope. Robarse la morralla… gente miserable… va a irse de vacaciones o qué.

Al acercarse a dirección marcada por la solicitud de empleo, Irene notó a Monserrat encogida de hombros. Ya estamos aquí, vamos y a ver si no se pone pendeja, güey, dijo al estacionarse frente a la dirección. Tuvo que jalar del brazo a Monserrat para bajarla del asiento, y cuando Irene golpeó la puerta de lámina de aquella casa, la dependienta quiso hundir su cabeza bajo tierra como hacen los avestruces.

—Pinche Monse, ya te dije que no vengas a buscarla. No está. Fue a sacar sus pinches cosas de contigo. Págame lo de las bocinas que te chingaste mejor, o ya déjanos en paz. Ya estuvo suave —gritó desde el balcón un tipo peludo, como derritiéndose a través de su camiseta de tirantes.

Irene miró a Monserrat, quien, con los ojos encorvados, gritó en tono distinto:

—¡Dígale a su señora que si no devuelve lo robado la vamos a denunciar!

El tipo de tirantes entró de nuevo en la casa y tras unos segundos les tiró una cuba de refresco encima, cerró el balcón, y subió el volumen de las mismas bocinas mostrencas cuyo pago recién acababa de reclamar. Como no es posible ganar una discusión con una bocina, Irene subió al auto e hizo una indicación para emprender la retirada.

—¿De qué se conocen? ¿Por qué sabe tu nombre?, ¿me voy por la izquierda? —escuchó Monserrat desde el asiento del copiloto durante el camino de regreso.

—Pues primero se habían peleado, dizque ya se iban a separar de una vez por todas. Y esta mujer no tenía a dónde ir y se quedó conmigo. Pero cuando le empecé a apretar para que pusiera para el gas se me empezó a resentir y se regresó con este güey, y la agarraron contra mí que yo les había robado y que les tenía que pagar... De eso hace ya una semana. Pero no sé por qué se ensañan tanto, yo nada más la recibí.

Conforme se acercaron a la casa de Monserrat, alcanzaron a ver las luces encendidas y un auto estacionado en la cochera. Irene reparó en la circunstancia de que, a pesar de los años, nunca había visitado aquella vivienda, pero sabía que no pensionaba ningún auto por las anécdotas recabadas en las pequeñas charlas sobre las reuniones ahí celebradas.

Se bajaron, encontraron la puerta trabada, y, antes de intentar abrirla por la fuerza o derribarla, optaron por grabar las evidencias en el teléfono. De aquí vamos las dos a poner la denuncia... Mugre gente vividora... pónganse a trabajar... Sólo tenemos que regresar por la memoria del video, dijo Irene, al momento de desbloquear el celular para encontrarse con un mensaje de su hijo. "Llámame x fas". Cerró la aplicación de mensajería y abrió la de la cámara, grabó a Monserrat golpeando la puerta de su propia casa sin poderla abrir, y volvió a subir al CrossFox. Sintió que su peregrinación todavía llegaría a varios puertos, y como un suertudo conductor ebrio de madrugada que ha visitado más bares de los que debería, parpadeó hasta llegar a casa, obnubilada la experiencia de su trayecto.

De vuelta en casa, los escalones le parecieron a Irene más pesados y más altos que nunca. Se volvió a instalar en la sala como antes de salir a la zapatería y decidió contestar al mensaje dejado en visto. La voz de Roberto resonó por el auricular con una cadencia que adquirió queriendo aprender a rapear:

—Ora ps, ps, todo chido muy paradisíaco, aunque de repente se ve mucho maniaco. Está chingón. Nomás te llamaba porque ya llegué al jale y está cabrón. Dijeron que hasta la próxima semana me confirmaban, que se desató una especie invasora que está haciendo plaga y no pueden entrar turistas, que mejor hubiera retrasado mi visita, que los peces Diablo tienen un desmadre y demás cosas de las que luego te hablo. Pensaba que ya iba empezar a cobrar, pero me la voy a pelar. Tengo que aguantarme una sema y quería ver si no podías mandarme algo de varo, lo del frasco de monedas pa no verme muy macuarro.

—Pídele a tu papá, aquí surgió algo y ya lo gastamos –contestó Irene. Entretanto, Monserrat reprodujo en bucle el video.

VINAGRILLO

EL TORBELLINO COBRABA FORMA como hacen dos líquidos al encender la licuadora. Aquellas nubes, que al comienzo de la jornada ocupaban posiciones contrarias en los extremos sureste y noroeste del horizonte, estaban ya próximas a su colisión. La corrosiva estrella solar, que hace menos de tres horas deshizo las pocas gotas de rocío sobre las hierbas de tonalidad amarillenta y ceniza en los terrenos por construir del Fraccionamiento El Molino, se había ocultado ya, dejando un nimbo en lugar suyo como si se tratara de un somnoliento burócrata celeste levantado de repente. De un momento a otro, las ventanillas del pesero se vieron pobladas por gotitas de llovizna, que carrereaban unas contra otras para llegar primero al extremo inferior del vidrio. El aroma de la tierra pasó a ser aroma de tierra mojada. El aroma de las cenizas se opacó, y el de los desechos desperdigados que se descomponían en el suelo floreció marchito como harían las flores que no existen en esa colonia.

Al interior del vehículo también cambiaban las cosas según los dictados del cielo. Aquella parte de los asientos en la que se colocaban los pasajeros por las mañanas para calentarse con los rayos del sol, que al medio día se hallaba libre porque nadie querría requemarse, en tiempos de lluvias era ocupada por melancólicos dibujantes del vaho que recargaban su frente sobre el cristal, así como por apostadores de las imaginarias carreras de gotitas. La última línea de asientos al fondo del pesero quedaba despejada a causa del agua que se filtraba atravesando las cuarteadas láminas del techo. Sus llantas parecían resbalarse al pasar por tramos del camino cubiertos por arena. Durante aquellos meses el conductor debía poner especial cuidado al llegar a las paradas, esmerándose en no salpicar a las personas que aguardaban por él a ambos lados del camino.

La humedad de la atmósfera, como las cargas eléctricas de las nubes en colisión, se convirtió en un maremoto tan espeso que intervino la señal telefónica en más hectáreas de las que tenía aquel municipio. Los primeros en notarlo fueron los pasajeros, quienes por las goteras tuvieron que escoger entre un número más reducido y relativamente arbitrario de asientos, y encima de que carecían de la posibilidad de distraerse con sus teléfonos. El conductor del pesero, acostumbrado a reproducir la música del trayecto por medio de una USB conectada a un estéreo colocado sobre una plataforma de aluminio soldada al vehículo, terminó aquella vuelta, en la que los nimbos comenzaron su llanto de temporada, en un silencio sólo interrumpido por el mecánico sonido de los fierros y hules ensamblados. Tras aparcar el vehículo, al fondo de uno de los yonkes municipales, Peter sacó su teléfono de su cangurera, activó sin éxito los datos, e ingresó la dirección que tenía copiada en el portapapeles en la aplicación del buscador, la cual se quedó primero en blanco, y después proyectando la pixelada imagen del dinosaurio de Google, quien invita al usuario a jugar para perder el tiempo con él hasta que sus problemas de conectividad se resuelvan.

La incertidumbre frente a la cual se halló detonó en Peter un tic por el que temblaba su párpado inferior izquierdo. El nerviosismo le recorrió como un escalofrío: tendría que esperar todavía unas horas para leer una lista cuya publicación llevaba meses esperando.

Se trataba de la lista de resultados del examen más importante del año, todavía más relevante que el realizado en septiembre para obtener la certificación de AutoZone con validez en el gabacho: era el examen de admisión para la Licenciatura en Ingeniería Aeronáutica de la Universidad Autónoma de Ciudad Juárez, uno de los pocos centros en los que puede uno aprender a reparar turbinas sin desembolsar el costo de una. Solamente cuarenta de los doscientos cuarenta y cinco candidatos que en promedio realizaban el examen cada año eran admitidos. Aquellos elegidos verían cambiar su vida del modo más profundo; muchos buscarían una casa o cuarto al que mudarse y todos tendrían que adecuar sus responsabilidades a la tiranía de su nuevo horario. Los más desgraciados, en promedio veintiséis, se verían impedidos para obtener su grado, ya fuera que cayeran en la racha de tres materias reprobadas en paralelo, que se vieran empalados por una contingencia sanitaria o de seguridad pública, o que fueran prematuramente seducidos por una oportunidad laboral, aquellos desafortunados tendrían que lidiar con duelo cuando se llegase el momento de que sus compañeros se recibiesen. Los catorce sobrevivientes recibirían su título y encontrarían trabajos con prestaciones en puertos, aeropuertos y hangares. Quizá algunos se compren su propio bote o avioneta, y los menos afortunados trabajarán en el taller automotriz más preciso y profesional de la ciudad que les reciba. Estos últimos solían ser los responsables de engendrar aquellas bestias que corrían en los videos de arrancones que Peter miraba durante el desayuno: personas relajadas que miraban el interior de un cofre con aquella vista de águila con la que el nativo divisa las llanuras bajo un peñasco, gesticulando como si mascaran espinacas, cual Popeye, con la barbilla permanentemente levantada, la nuca encogida y los ojos entornados detrás de gafas de sol originales pero compradas en el mercado negro.

Cuando terminó su descanso, Peter presionó uno de los botones de su teléfono, sin desbloquearlo, para corroborar una vez más que la señal no regresaba. La llovizna se convirtió en una lluvia con pleno derecho, que amenazaba con convertirse en tormenta si los vientos que empujaban desde las distintas latitudes seguían trayendo nubes para que suplieran a aquellas que ya se habían condensado e iniciado su descenso hasta colisionar con el mundano suelo. Al atravesar los pocos metros que separaban la oficina del yonke de su camión de ruta pudo sentir sus zapatos hundirse en el lodo. Los levantó como se despega una ventosa y, antes de arrancar nuevamente el camión, limpió sus dragones bordados y también las escaleras que acababa de subir.

El resto de los recorridos que le restaba por ese día pasaron sin que pudiera recordar nada de ellos, como hacen los borrachos al amanecer en casa. Era como si su conciencia hubiera presionado el botón que adelanta treinta segundos de video varias veces seguidas hasta cambiar por el botón de la cámara lenta al llegar al segmento anhelado.

Los charcos se habían transformado en auténticos torrentes cuando llegó momento en que Peter regresó a casa. El crepúsculo del horizonte transitaba del naranja y rojizo al púrpura conforme se extinguían los últimos rayos de sol que se colaban entre las por fin pacificadas nubes.

Tras abrir la cochera, usada como entrada principal, Peter volvió a limpiarse los dragones para ahorrarse cualquier reclamo a la hora de subir las blancas escaleras antes de encender su computadora de escritorio. Ahí, en su casa, al menos recibía señal de internet. Tardaría menos en consultar los resultados de ese modo. Tal era su impaciencia que su tic se vio reflejado en el cristal de sus anteojos mientras esperaba que Windows Vista arrancase.

ÍNDICE

Derby de verano y otras historias
terminó de imprimirse en 2022
en los talleres de Litográfica Ingramex, S.A. de C.V.,
Centeno 162-1, colonia Granjas Esmeralda,
alcaldía Iztapalapa, 09810, Ciudad de México.